Paul J[illegible]zon

Six compagnons et les bébés phoques

Illustrations de Robert Bressy

Hachette

DANS LA MÊME COLLECTION

Série « Les Six compagnons »

1. Les Six compagnons de la Croix-Rousse
2. Les Six compagnons au gouffre Marzal
3. Les Six compagnons et l'homme au gant
4. Les Six compagnons et la pile atomique
5. Les Six compagnons et la perruque rouge
6. Les Six compagnons et le piano à queue
7. Les Six compagnons et l'homme des neiges
8. Les Six compagnons et le château maudit
9. Les Six compagnons et l'âne vert
10. Les Six compagnons et le petit rat de l'Opéra
11. Les Six compagnons et le mystère du parc
12. Les Six compagnons et l'avion clandestin
13. Les Six compagnons et l'émetteur pirate
14. Les Six compagnons à Scotland Yard
15. Les Six compagnons et les agents secrets
16. Les Six compagnons et le secret de la calanque
17. Les Six compagnons et les pirates du rail
18. Les Six compagnons et la disparue de Montélimar
19. Les Six compagnons et les espions du ciel
20. Les Six compagnons et la princesse noire
21. Les Six compagnons à la tour Eiffel
22. Les Six compagnons et l'œil d'acier
23. Les Six compagnons en croisière
24. Les Six compagnons se jettent à l'eau
25. Les Six compagnons et les voix de la nuit
26. Les Six compagnons dans la citadelle
27. Les Six compagnons devant les caméras
28. Les Six compagnons au village englouti
29. Les Six compagnons au Tour de France
30. Les Six compagnons au concours hippique
31. Les Six compagnons et le cigare volant
32. Les Six compagnons et la clef minute
33. Les Six compagnons et la bouteille à la mer
34. Les Six compagnons et les piroguiers
35. Les Six compagnons et les skieurs de fond
36. Les Six compagnons et les bébés phoques
37. Les Six compagnons dans la ville rose
38. Les Six compagnons et les agneaux de l'Apocalypse
39. Les Six compagnons à l'étang de Berre
40. Les Six compagnons et le carré magique
41. Les Six compagnons hors la loi
42. Les Six compagnons et le chasseur de scoops
43. Les Six compagnons et l'énigme de la télémagie
44. Les Six compagnons et la radio libre
45. Les Six compagnons au Tournoi de la Chanson
46. Les Six compagnons et la fiancée de Kafi
47. Les Six compagnons à l'affût

Hachette, 79, boulevard Saint-Germain, 75006 Paris.

Chapitre 1

Une chance entre mille !

« Le Gouvernement norvégien désireux de témoigner sa reconnaissance à la ville de Lyon, pour l'aide considérable apportée aux sinistrés lors du tremblement de terre qui, en février dernier, a si durement éprouvé la province de Bergen, offre un séjour de deux semaines à quarante de nos enfants. Ces jeunes gens seront choisis parmi ceux qui ont mis le plus de zèle à réunir couvertures et vêtements.

« Le maire, aidé par les directeurs de tous nos établissements scolaires, désignera les bénéficiaires de cette invitation que les familles de la province de Tromsoe[1] *accueilleront.*

« Grâce à ce geste généreux, quarante de nos jeunes compatriotes vont découvrir les beautés de

1. Tromsoe : prononcer Tromseu.

ce pays âpre mais si sympathique; nous nous en réjouissons avec tous les Lyonnais. »

Mady, la seule fille de l'équipe des Compagnons, venait de déchiffrer ce mince entrefilet dans *Le Progrès.* Sans plus attendre, elle quitta son appartement de la rue des Hautes-Buttes et courut chez Tidou qu'elle trouva penché sur sa collection de timbres. Kafi, son chien-loup, se tenait à son côté, les deux pattes de devant sur la table comme si la philatélie l'intéressait aussi.

« Regarde, Tidou! s'écria Mady, ce que j'ai trouvé à la septième page du journal. »

Absorbé par l'identification d'un timbre panaméen qu'il prenait pour une vignette du Nicaragua, Tidou leva à peine la tête et ronchonna :

« Qu'est-ce que c'est?... Une catastrophe?... Le ministère renversé?... Le monstre du loch Ness qui fait sa réapparition?

— Pas de plaisanterie, veux-tu?... Cela pourrait nous concerner. Laisse tes timbres et regarde, c'est sérieux. »

Tidou posant enfin sa loupe prit le quotidien, ouvert à l'avant-dernière page. Il lut l'entrefilet, haussa les épaules et dit :

« Evidemment, la Norvège, ça serait épatant... mais tu oublies qu'il y a plus de cinquante mille collégiens ou lycéens à Lyon. Il faudrait une sacrée veine pour que le sort désigne l'un de nous... et plus encore pour que l'équipe tout entière soit choisie.

— Bien sûr, admit Mady, mais as-tu bien lu l'article? "Les jeunes gens qui ont mis le plus de zèle à réunir..." Rappelle-toi notre collecte à la Croix-Rousse! Nous avions recueilli plus de cent couvertures, sans parler des manteaux, anoraks et pardessus.

— C'est vrai, mais dans les autres quartiers, ils ont peut-être mieux réussi encore.

— Allons, Tidou, tu te moqueras toujours de mes intuitions! Pourtant, elles sont souvent justes; de plus, moi je crois à la chance. Prévenons les copains. Abandonne tes timbres et va trouver le Tondu et la Guille, moi, je m'occupe de dénicher Bistèque et Gnafron. Ils seront sans doute restés chez eux à cause de la pluie. Rendez-vous dans la "caverne" à quatre heures. J'apporterai le journal. Aller voir le maire tous ensemble, ça peut être une idée... Il faut en discuter.»

Tidou ne put s'empêcher de sourire. Mady ne changerait donc jamais. Cette brave fille, compréhensive, toujours prête à rendre service, s'emballait décidément pour un rien.

«C'est bien, fit Tidou, je range mes timbres et je descends avec Kafi. On pourra toujours parler de la Norvège, même si on n'y va pas!»

Mady sortit, après avoir salué d'une caresse le beau chien-loup; Tidou, de son côté, rangea ses albums, dévala les cinq étages puis la rue de la Petite-Lune — ainsi nommée parce qu'elle formait comme un croissant de lune — et courut chez le Tondu. Celui-ci, pour une fois, n'était pas en train de bricoler; il faisait tranquillement la sieste, son béret basque sur les yeux, ce qui laissait à découvert la boule lisse de son crâne qu'une maladie d'enfance avait malencontreusement «déplumé».

« Rendez-vous à la "caverne" de la Rampe des Pirates, dit Tidou en le secouant. Ordre de Mady. Je file chez la Guille. »

Tidou avait pensé trouver la Guille, le musicien et fantaisiste de l'équipe, jouant de l'harmonica — ce qu'il faisait en virtuose. Non, il s'essayait à souffler dans une flûte, une grande flûte traversière, prêtée par un camarade.

« Quoi ? fit-il en replaçant l'instrument dans son étui, un voyage en Norvège ?... Si loin ?... Tu veux rire... Je te suis quand même. »

Vingt minutes plus tard, toute l'équipe était réunie dans la fameuse « caverne », un ancien atelier désaffecté de canut, dont elle avait fait son lieu de rendez-vous. Mady avait déniché sans peine le cuisinier de l'équipe, Bistèque, le bien nommé puisque son père était commis boucher, ainsi que Gnafron, le « petit » Gnafron, comme on l'appelait parfois à cause de sa taille, le plus décidé, le plus rouspéteur de la bande...

Mady lut tout de suite l'entrefilet et fit circuler le journal.

« C'est pour ça que tu nous as demandé de venir, grogna Gnafron en passant sa main dans sa tignasse ébouriffée, noire comme du jais. Crois-moi, Mady, l'affaire n'est pas encore dans le sac. Nous sommes plus de deux cent mille collégiens et lycéens à vouloir participer au voyage.

— Non, pas deux cent mille, rectifia Mady, pas même la moitié.

— C'est encore trop.

— En tout cas, rien ne nous empêche d'y penser puisque nous n'avons pas encore organisé nos vacances. »

Puis s'adressant à Tidou :

« Sors une carte et épingle-la au mur. »

Ce dernier s'exécuta. Les Compagnons possédaient en effet, outre les cartes Michelin des régions de France, une grande carte de l'Europe dont ils s'étaient déjà servis en Espagne, lors de l'expédition qui leur avait permis de mettre fin au trafic d'odieux malfaiteurs[1]. La Norvège s'y étalait tout entière, démesurément longue, avec ses côtes déchiquetées, ses fjords, ses îles innombrables aux noms si étranges qu'on ne savait comment les prononcer.

« Oh ! Regardez ! s'écria soudain le Tondu, voici Tromsœ... tout en haut, bien au-dessus du cercle polaire, ce qui signifie que là-bas, le soleil ne se couche jamais en été. Oh ! La Norvège ! Le soleil de minuit ! Ce serait formidable !

— Oui, formidable, comme tu dis, reprit Gnafron, mais il ne faut pas vendre la peau de l'ours... de l'ours blanc avant de l'avoir tué !

— Mady a raison, reprit la Guille. Allons voir le maire. On lui détaillera tout ce que nous avons collecté. Il n'est pas cinq heures, les bureaux de l'hôtel de ville sont encore ouverts. Qu'en dites-vous ? »

Le Tondu, Bistèque et Tidou approuvèrent. Seul, Gnafron se montra sceptique.

« Je veux bien vous suivre, dit-il, mais vous verrez. »

Ils prirent leurs vélomoteurs et dévalèrent les pentes de la Croix-Rousse jusqu'à la place des

1. Voir *Les Six compagnons et la Brigade volante.*

Terreaux d'où ils gagnèrent l'hôtel de ville. Deux agents d'aspect plutôt rébarbatif montaient la garde devant les grilles. Tidou leur expliqua qu'ils désiraient voir le maire.

« Le maire ? fit le plus trapu des deux hommes, l'air suffoqué. Vous croyez qu'on entre dans son bureau comme dans un moulin ? Il faut demander une audience... et il n'a pas le temps de recevoir tout le monde.

— Alors, un adjoint, reprit Mady.

— Même chose pour les adjoints... C'est urgent ?

— Très important pour nous.

— Dans ce cas, rédigez une demande d'audience... mais je vous préviens, vous ne serez pas convoqués avant la semaine prochaine, surtout si le motif n'est pas jugé valable. Allez, circulez. Laissez passer cette voiture officielle. »

Dépités, les Compagnons s'écartèrent et Gnafron grommela :

« Toutes les mêmes, les administrations : du papier, encore du papier, toujours du papier... Je savais bien qu'on se casserait le nez devant les grilles. »

Il ne leur restait plus qu'à reprendre leurs machines et à regagner la « caverne », avec Kafi qui trottait derrière l'engin de son maître.

Dès leur arrivée, ils se remirent à examiner la grande carte ; leurs yeux suivaient la côte si découpée de ce pays dont ils ne savaient pas grand-chose, sinon qu'il était froid, rude et peu peuplé. Autant de caractères qui le rendaient plus attirant.

« Oui, fit le Tondu, si nous pouvions aller là-bas, ce serait formidable, plus que formidable... Et pour une fois, il ne nous arriverait rien.

— Tiens, pourquoi ça ? demanda Tidou.

— Parce que, dans le Grand Nord, il fait jour même à une heure du matin, or, presque chaque fois que nous avons été entraînés dans une aventure, c'était de nuit... »

Chapitre 2

A bord du *Hornelen*

Le vendredi 1er juillet, une effervescence inhabituelle secouait l'aéroport de Lyon-Satolas. Les départs étaient d'ordinaire peu nombreux à trois heures de l'après-midi et pourtant, ce jour-là, quarante jeunes gens (dix-neuf garçons et vingt et une filles) dansaient, piétinaient d'impatience, riaient et s'interpellaient, provoquant un véritable chahut. Ces jeunes gens fêtaient leur départ en Norvège et, pour bon nombre d'entre eux, leur premier vol, leur baptême de l'air.

Les plus bruyants n'étaient certes pas les Compagnons qui, eux aussi, s'envolaient vers le Grand Nord. Mady, dont ses camarades s'étaient un peu moqués, avait eu raison. Son intuition ne l'avait pas trompée. Quelques jours après leur déconvenue à la mairie, le proviseur du lycée de la Croix-Rousse avait annoncé triomphalement, comme si le mérite lui en revenait, que les cinq garçons partiraient en priorité ainsi que Mady, leur camarade du lycée de filles.

Ils étaient donc là tous les six, avec Kafi pour lequel aucune vaccination n'avait été exigée et qui, une fois de plus, allait partager les vacances de ses maîtres. Ah! mes amis, quels bagages! Ils emportaient chacun deux valises où les mères prévoyantes avaient entassé vêtements chauds, pulls, anoraks et bonnets de laine. Pensez donc! N'allaient-ils pas au-delà du cercle polaire dont le nom, à lui seul, vous donnait le frisson?

Dehors, sur l'aire surchauffée par le soleil de juillet, stationnait un appareil de l'aviation civile norvégienne, prêt à décoller pour Alesund, une petite ville peu connue mais qui possédait le plus sûr, le plus grand terrain d'atterrissage après celui d'Oslo, la capitale.

« Dire que tout à l'heure en débarquant, murmura Tidou à l'oreille de Mady, nous verrons peut-être de la neige! De la neige au mois de juillet! »

Les Compagnons n'étaient pas accompagnés de leurs parents, mais de nombreux pères ou mères de famille assistaient au départ de leurs enfants; leurs recommandations sans fin faisaient sourire les six camarades, habitués depuis longtemps à toutes sortes d'expéditions.

Puis vint une hôtesse norvégienne, blonde comme les blés; elle parlait le français presque sans accent et convia les heureux bénéficiaires de l'invitation au voyage à quitter le hall pour l'embarquement. On autorisa même Kafi à s'installer dans la cabine au lieu de le reléguer dans la soute, comme lors de leur voyage en Afrique[1]. Ses maîtres, eux, se groupèrent sur deux rangées de fauteuils.

Le vol ne durait que trois heures. Les lycéens débarqueraient donc à Alesund avant la nuit qui, d'après Tidou, tarderait à venir. Puis, ils embarqueraient sur l'un des caboteurs qui desservent les ports de la côte et où s'entassent de nombreux passagers. Ils mettraient alors vingt-quatre heures pour atteindre Tromsoe, la ville du monde la plus septentrionale si l'on considère qu'Hammerfest, plus au nord encore, n'est qu'un gros village.

Il était quinze heures quinze quand l'appareil décolla.

« Formidable ! » s'écria le Tondu, comme s'il ne connaissait que cet adjectif. L'avion, en effet, prenait de l'altitude et la Saône, au-dessous d'eux, ne dessinait plus qu'un mince fil d'argent.

Mady s'était assise à côté de Tidou dans l'espoir de bavarder, mais les trente-quatre autres voyageurs faisaient tant de bruit qu'ils s'entendaient à peine. Pour occuper le temps, un copieux goûter fut servi aux jeunes touristes : thé au lait, chocolat, croissants, biscuits auxquels tous firent honneur. Quant à Kafi, qui avait déjà séduit l'hôtesse, il eut droit à un bol d'eau fraîche car il avait plus soif que faim.

Le vol parut si court qu'au moment où

1. Voir *Les Six compagnons et les piroguiers.*

la jeune Norvégienne annonça que l'appareil amorçait sa descente sur Alesund, tous les passagers furent surpris. Gnafron, penché vers le hublot, poussa un cri comme si on l'assassinait :

« La neige!... De la neige sur les montagnes!... »

Un instant plus tard, l'appareil se posait en douceur sur le vaste terrain de la petite ville nordique. Quelle surprise quand la porte de la cabine s'ouvrit! Un air frais, délicieux à respirer, souhaitait la bienvenue aux jeunes Lyonnais.

Le voyage ne faisait que commencer. Après avoir traversé l'aéroport, ils grimpèrent dans un car vert qui emmena tout le monde vers le port. Là, un ferry-boat attendait : c'était un bateau trapu, de deux ou trois mille tonneaux à peine, avec une poupe carrée, capable de contenir dans ses flancs une ou deux douzaines de voitures. Il s'appelait le *Hornelen.*

« A présent, je vous laisse, dit l'hôtesse blonde qui avait accompagné les voyageurs jusqu'au port. Le capitaine du *Hornelen* prendra soin de vous. Il est Norvégien comme tout l'équipage. Il ne parle pas votre langue, mais se débrouille fort bien en anglais. Vous parviendrez à vous comprendre. Les habitants de Tromsoe vous accueilleront à l'arrivée du bateau. Chacun y retrouvera sa nouvelle famille. Bon séjour dans le Grand Nord. »

Livrés pour ainsi dire à eux-mêmes, certains jeunes Lyonnais, des filles surtout, se sentaient un peu désemparés. Les Compagnons, au contraire, trouvaient plutôt excitant ce voyage en bateau avec des marins qui ne parlaient pas français, ce qui donnait du piment à l'aventure. Les jeunes Lyonnais n'étaient d'ailleurs pas seuls à bord. Une trentaine de Norvégiens avaient déjà embarqué sur le bateau qui, dans ce pays presque exclusivement tourné vers la mer, tenait lieu d'autobus.

Avant de lever l'ancre, le capitaine conduisit les jeunes touristes à leurs cabines. Bien que simples et sans raffinement, elles étaient d'une propreté exemplaire, et leur plancher ciré brillait comme un miroir. Quatre couchettes s'y superposaient, deux à deux, de chaque côté d'une étroite allée centrale. Gnafron, Bistèque, la Guille et le Tondu occupèrent une cabine. Tidou, lui, dut partager la sienne avec trois inconnus, un vieil homme barbu, ridé comme une pomme flétrie, et deux passagers, plus jeunes, l'un au nez crochu en bec d'aigle, l'autre au menton saillant en galoche. Ces derniers ne ressemblaient ni à des gens du pays, ni à des touristes, et ils manifestèrent, par gestes, un certain mécontentement dû à la présence de Kafi. Ils semblaient en avoir peur, alors que le vieux bonhomme, lui, flattait le chien-loup de petites tapes amicales. Il lui parlait dans cette langue bizarre que l'animal ne comprenait pas mais dont il saisissait le ton affectueux.

Mady, elle, s'était installée avec trois jeunes Lyonnaises qu'elle ne connaissait pas, mais avec lesquelles elle se lierait vite d'amitié.

Le *Hornelen* largua ses amarres à neuf heures. Après un repas sommaire pris dans une salle au plafond bas, qui avait été aménagée dans la

cale, les Compagnons remontèrent sur le pont afin de contempler la petite ville qui s'étirait à l'entrée du fjord surplombé de montagnes abruptes et neigeuses.

A onze heures du soir, le soleil n'était pas encore couché. Il rasait l'horizon marin vers le nord-ouest, et semblait hésiter à s'enfoncer dans les flots. Le spectacle surpassait l'attente des jeunes voyageurs. Emerveillés, les six camarades se tenaient groupés immobiles à bâbord, quand un homme s'approcha d'eux, un touriste français, fanatique de la Norvège et du Grand Nord, comme ils s'en aperçurent aussitôt. L'homme dit en souriant :

« Vous espérez peut-être voir le soleil de minuit ? Non, pas encore. Ce soir, il se couchera quelques minutes. Demain seulement vous pourrez l'admirer. »

En effet, un peu avant minuit, le globe de feu incandescent s'enfonça dans la mer, lentement, comme s'il avait peur de se mouiller. Une lueur rosée teintait encore le ciel quand le disque lumineux réapparut, prenant très vite de l'éclat.

« Formidable ! s'écria le Tondu. J'ai regardé ma montre, le soleil a disparu pendant neuf minutes exactement. C'est déjà le matin ! »

Ni lui ni ses camarades n'avaient envie de se coucher... Le touriste français non plus. Il n'y avait plus grand-chose à voir pourtant, à part les innombrables îles qui s'étiraient à bâbord comme à tribord, désolées et désertes.

Il était deux heures du matin, et l'astre brillait déjà de tous ses rayons quand les Compagnons décidèrent enfin d'aller au lit. Tidou et

Kafi pénétrèrent sans bruit dans la cabine. Le vieux Norvégien dormait profondément, le nez dans son oreiller, tandis que les deux autres, «Bec d'aigle» et «Galoche», comme les avait baptisés le chef de l'équipe, ronflaient ventre en l'air. Tidou passa quelques instants dans le minuscule cabinet de toilette puis, Kafi s'étant allongé sur le plancher, il grimpa, à l'aide d'un marchepied de bois, sur sa couchette, au-dessus de celle du vieux barbu. Mais comment trouver le sommeil alors que les rayons obliques du soleil filtraient à travers les rideaux du hublot. Tidou avait beau se répéter qu'il devait dormir pour être en forme le lendemain, ses yeux restaient obstinément ouverts. Vers trois heures et quart, son voisin d'en face poussa de sourds grognements et s'agita en proie à un cauchemar. Il bredouilla d'abord quelques mots, en norvégien, puis soudain jura en français, de façon si grossière qu'il serait inconvenant de le répéter. Un curieux discours suivit en français; les paroles incohérentes se pressaient mais Tidou parvint à en retenir quelques-unes : brouillard... sacs... engrais... camelote... plateau... 7 juillet...

Il aurait sans doute continué si son ami, brusquement, ne s'était dressé de sa couchette pour le secouer sans ménagement. Brutalement réveillé, le rêveur parut s'affoler. Son compagnon ne le laissa pas se rendormir. Après avoir échangé des propos à voix basse, les inconnus se vêtirent chaudement et sortirent de la cabine.

Tout s'était passé si vite que Tidou, maintenant, se demandait s'il n'avait pas rêvé. Non, il était parfaitement lucide. Son voisin d'en face parlait le français... et même très correctement. Pourquoi, alors, avait-il la veille manifesté par des gestes que la présence de Kafi dans la cabine le dérangeait ?

Evitant de réveiller le vieux barbu qui dormait toujours à poings fermés, Tidou intrigué sortit à son tour avec Kafi et grimpa sur le pont. Accoudés à tribord, face au soleil, les deux hommes parlaient toujours à voix basse. Il s'approcha d'eux et s'accroupit derrière un bossoir, en compagnie de Kafi pour essayer de surprendre leur conversation. Le navire filait à vingt nœuds au moins ; les machines ronflaient, le vent sifflait, rendant incompréhensibles les bribes de phrases qui parvenaient aux oreilles du jeune homme. Il fut néanmoins convaincu que les deux voyageurs s'exprimaient en français. De plus en plus intrigué, il s'approcha encore, à découvert, tandis que Kafi restait tapi derrière le bossoir. Il distingua alors ces mots : île de l'Ours... transport... puis de nouveau : camelote et un mot norvégien que le rêveur avait déjà prononcé trois fois pendant son cauchemar : Torsken. Ce vocable semblait tenir une grande place dans leur conversation, car il revint encore à plusieurs reprises. Etait-ce tout simplement le nom de l'un des deux hommes ?

A plat ventre sur le pont, Tidou espérait encore comprendre le sens de leur discussion, quand des touristes et quelques jeunes Lyonnais vinrent admirer à tribord le soleil qui s'élevait dans le ciel au-dessus des montagnes enneigées. Tidou rejoignit sa cabine où le barbu dormait encore avec le même air béat. Il se recoucha et attendit, pensant que ses deux compères ne tarderaient pas à redescendre, eux aussi. Mais, cette fois, incapable de résister à la fatigue et au sommeil, il s'endormit.

A son réveil la cabine était vide. Le vieux Norvégien lui aussi avait disparu. Tidou regarda sa montre, il était plus de dix heures. Après s'être chaudement vêtu, il quitta sa couchette et remonta sur le pont. Ses camarades, que le soleil avait également gênés dans leur sommeil, s'y trouvaient déjà. Un peu à l'écart, les deux inconnus ne faisaient pas cas du paysage pourtant splendide.

« Formidable, Tidou ! lança le Tondu, nous avons passé le cercle polaire, il était indiqué par une pierre blanche plantée sur un rocher, au milieu d'un îlot. »

Puis, regardant son ami, d'un air inquisiteur :

« Mais, qu'as-tu ? Les grasses matinées ne te valent rien, dis-moi ! C'est le grand jour qui t'a empêché de dormir ?

— Pas seulement ça. Ces deux hommes, là-bas, à l'écart, sont mes compagnons de cabine avec un autre vieux barbu. Ils sont bizarres. Hier soir, ils ne m'ont pas adressé la parole et m'ont fait comprendre, par gestes, que la présence de Kafi dans la cabine leur déplaisait. Naturellement, je les ai pris pour des Norvégiens... Cependant, ils parlent notre langue sans accent, comme vous et moi.

— Tu es sûr ? dit Mady.

— Absolument certain. L'un d'eux a rêvé tout haut, en français. L'autre s'est alors précipité pour le faire taire, et l'a aussitôt entraîné sur le pont, en pleine nuit, si l'on peut dire. Je les ai suivis, épiés. Se croyant seuls, ils parlaient en français. Malheureusement, je n'ai pu retenir que des bribes de mots sans aucun sens.

— Bah! fit la Guille, ce sont des touristes de chez nous qui ne tiennent pas à être dérangés par un gône[1].

— Non, je ne pense pas. Tu connais beaucoup de touristes français qui parlent le norvégien?... D'ailleurs, ils ne s'intéressent pas au voyage et le grand jour ne les a pas empêchés de dormir, ils semblaient y être habitués... Et puis, pourquoi celui qui rêvait a-t-il été réveillé si brusquement par son compagnon et entraîné dehors comme si celui-ci voulait l'empêcher de se rendormir et de faire de nouveaux cauchemars?»

Les six camarades se tournèrent vers les deux hommes qui, côte à côte, appuyés au bastingage, fixaient l'eau sans accorder un seul regard au paysage grandiose qui défilait comme sur un écran de cinéma.

«Surprenant, en effet... fit le Tondu, mais nous n'allons tout de même pas nous monter la tête au sujet de ces inconnus, en soupçonnant je ne sais quelle affaire louche?

— Evidemment, approuva Tidou... mais j'aimerais bien savoir pourquoi ils sont à bord, où ils vont et ce qu'ils ont l'intention de faire.»

Mady sourit :

«Tu ne trouves pas, Tidou, que c'est devenu chez nous une sorte de déformation de voir

---

1. Gônes : nom familier donné à Lyon aux jeunes.

ainsi du mystère partout? Nous ne sommes pas venus en Norvège pour mener une enquête, mais pour profiter d'un voyage exceptionnel. Qu'en pensez-vous, les amis?

— Tu as raison!» s'exclamèrent en chœur la Guille et Bistèque.

N'étaient-ils pas venus en effet pour s'amuser et pour jouir de ces paysages fantastiques?

Le spectacle des îles Lofoten qu'ils longèrent par la suite était impressionnant. Plus le navire remontait vers le nord, plus les côtes devenaient sauvages, dénudées, avec en toile de fond d'immenses plaques de neige et des glaciers.

Oubliant ses préoccupations, Tidou entraîna ses camarades sur la passerelle de pilotage où le timonier, dans un anglais maladroit, leur expliqua combien la navigation était difficile à travers les «sunds» — c'est ainsi qu'il appelait ces passages étroits entre les îles et le continent.

De la passerelle, ils étaient redescendus sur le pont quand la cloche du bord sonna, annonçant le repas. Mady, qui pourtant avait paru se désintéresser des deux compères, déclara soudain :

«Laissez-moi faire, je veux en avoir le cœur net. A table, je m'arrangerai pour m'asseoir près d'eux. Comptez sur moi pour bien les observer. Je vous dirai ce que j'en pense.»

Chapitre 3

Le vieux Peder Holthe

Profitant du remue-ménage qui régnait dans la salle, Mady tenta de s'asseoir à côté des deux hommes. N'y parvenant pas, elle se débrouilla pour s'installer en face, ce qui était aussi bien. Elle pourrait ainsi étudier leurs visages tout à son aise pour se faire une idée des deux inconnus.

Elle fut frappée par leurs traits irréguliers. Sans s'occuper des autres convives, ils se mirent à parler norvégien, du moins à ce qu'il semblait, car Mady ne connaissait rien de cette langue si peu parlée en Europe.

Elle trouva qu'ils n'avaient pas le type des gens du pays qui étaient à bord, presque tous de grands gaillards à l'abondante chevelure blonde ou châtain clair, dont la peau semblait plus cuivrée que bronzée.

Le repas tirait à sa fin et Mady n'avait pas encore pu se faire une opinion sur ces deux personnages. Elle commençait à croire que Tidou s'était trompé quand un petit incident la fit brusquement changer d'avis. L'homme au menton en galoche s'apprêtait à boire lorsqu'un violent mouvement du bateau l'obligea à pencher son verre. La bière se répandit sur la table et, entraînée par le roulis du navire, coula sur le pantalon de Mady.

« Oh ! Excusez-moi ! » s'écria l'homme.

L'expression lui avait échappé, mais il se reprit aussitôt :

« *Jeg beklagen !*

— Vous n'avez pas à vous excuser, dit alors Mady, en souriant. Ce n'est pas votre faute... Quant à mon pantalon, il en verra bien d'autres. »

Et elle ajouta, à dessein, avec une pointe de malice :

« Je vois que vous parlez notre langue. »

L'homme fit mine de n'avoir pas bien compris et se pencha vers son ami qui répondit à Mady :

« Nous, savoir seulement un peu de français. Excusez encore. »

Mady ne fut pas dupe. Il parlait volontairement « petit nègre » pour la dérouter. Tidou avait donc raison. Ils connaissaient tous deux parfaitement le français. Mais pourquoi s'en cachaient-ils ?

Le repas terminé, la jeune fille remonta sur le pont avec ses camarades. Le *Hornelen* s'était engagé dans un fjord en direction de Narvik, une petite ville industrielle qui avait été dévastée pendant la guerre. L'escale serait brève. Les deux hommes allaient-ils terminer là leur voyage? Descendraient-ils plus loin, à Tromsoe?... ou à Hammerfest, le terminus?

Non, ils demeurèrent à bord tandis que l'on débarquait plusieurs voitures des flancs du ferry. La prochaine escale, Tromsoe, ne serait pas en vue avant neuf heures du soir. Durant toute la journée, les Compagnons, emmitouflés jusqu'aux oreilles, ne quittèrent pas le pont. Ils admiraient le paysage, prenant cliché sur cliché pour conserver des souvenirs tangibles des beautés du Grand Nord. Sans trop savoir au juste pourquoi, Tidou photographia même, à la dérobée, ses compagnons de cabine.

C'est avec une heure de retard, que le *Hornelen* arriva en vue de Tromsoe. Contrastant avec l'aridité des îles Lofoten, les alentours de la petite ville étaient particulièrement riants. Le climat adouci par la proximité du Gulf Stream favorisait la végétation qui formait un véritable écrin de verdure.

Tout laissait croire aux Compagnons que les deux hommes s'apprêtaient à débarquer, car ils rassemblaient, eux aussi, leurs bagages.

Enfin, le *Hornelen* s'avança lentement dans le port. Sur le pont, sur les passerelles, affluaient touristes et Norvégiens, et les quarante lycéens qui se préparaient à débarquer. Une foule impatiente attendait sur le quai, heureuse d'accueillir les jeunes Lyonnais. Pour faciliter ce premier contact, chaque Norvégien portait, épinglé sur son anorak, un petit carton sur lequel son nom était écrit, et les lycéens allaient de l'un à l'autre. Tidou, Gnafron et Mady étaient à la recherche de M. Torril, tandis que Bistèque, la Guille et le Tondu faisaient connaissance avec les Kneer, avec qui ils ne tardèrent pas à partir en voiture.

La répartition fut vite faite. Peu à peu, le quai se vida. Bientôt ne restèrent plus que Tidou, Gnafron et Mady qui n'avaient pas encore découvert leur hôte.

« Ne nous affolons pas, fit Mady, il va sûrement arriver. »

Ils virent alors leurs deux hommes quitter le bateau à bord d'une grosse camionnette grise, de marque allemande, immatriculée en Norvège.

« Pour moi, fit Gnafron, ce sont deux gros négociants qui parlent un peu toutes les langues parce que leurs affaires les y obligent. »

Ils regardaient la camionnette s'éloigner le long des quais lorsqu'une main se posa sur l'épaule de Tidou. Un Norvégien, de taille moyenne, aux yeux bleus, se tenait là, souriant. Sur sa veste de cuir était accroché un carton au nom de Torril.

« Est-ce vous que je dois emmener chez moi ? » demanda-t-il dans un anglais approximatif mais facile à comprendre.

Les trois camarades approuvèrent. L'homme les entraîna vers sa voiture qui stationnait à quelques mètres et siffla Kafi à qui il donna une tape en disant :

« *What a beautiful dog !...* Quel beau chien ! »

Puis il se tut. Les Compagnons embarrassés

se regardaient en silence. Ah! pourquoi les hommes du monde entier ne parlaient-ils pas la même langue! semblaient penser les jeunes gens. Ils s'étaient engagés sur une route de terre battue qui serpentait le long du fjord. La voiture, malgré la belle saison, était équipée de pneus-neige. Il faisait encore grand jour à cette heure tardive.

Le chauffeur n'avait pas parcouru plus de trois kilomètres lorsqu'il tendit le doigt pour désigner sa maison, un cottage de bois, peint en rouge brique comme beaucoup de demeures norvégiennes.

Sur le seuil, une femme les attendait, l'air accueillant.

« *God kveld!* murmura-t-elle simplement. Bonsoir!

— Ma femme, s'excusa le Norvégien, ne parle pas votre langue mais son père, lui, la connaît bien. »

Il désignait un vieil homme de soixante-dix à soixante-quinze ans, aux tempes argentées et dont les yeux pétillaient de malice.

« Oui, dit-il en riant, je baragouine le français. Mon nom est Peder Holthe. Soyez les bienvenus chez ma fille et mon gendre Harald Torril. Vous serez heureux chez nous. L'hospitalité norvégienne est renommée. Ma fille vous montrera vos chambres tout à l'heure. Asseyez-vous, mettez-vous à l'aise. Vous devez avoir faim après ce long voyage?

— Oui, avoua Gnafron, nous prendrions volontiers quelque chose.

— Aimez-vous le poisson?

— Nous en avons déjà mangé à bord ; il est particulièrement bon ici.

— Tant mieux, car cet aliment tient une grande place dans notre nourriture. »

Il dit alors quelques mots de norvégien à sa fille qui apporta des harengs fumés, pour la plus grande joie des trois amis.

« Comment se fait-il, demanda Mady au vieux Peder, que vous parliez si bien le français ? On dirait que vous avez vécu chez nous.

— J'y ai vécu, en effet, pendant près de cinq ans. Une drôle d'histoire ! J'ai combattu à Narvik, pendant la guerre. Quand les Allemands ont envahi notre pays, je n'ai pas voulu rester ici et je me suis embarqué avec vos soldats. Ainsi je suis resté en France durant toute la guerre. J'ai séjourné dans les environs de Grenoble, non loin de Lyon ! Là, j'ai appris le français tant bien que mal... et vous voyez, cela n'aura pas été tout à fait inutile. »

Les Compagnons l'approuvèrent chaleureusement. Tidou, cependant, s'inquiétait pour ses trois autres camarades — c'était la première fois que l'équipe se scindait en deux —, aussi demanda-t-il au vieil homme si la demeure des Kneer était située loin de chez lui.

« Non, pas loin, répondit Peder, à deux kilomètres seulement, au bord du fjord. Vous pourrez les retrouver aussi souvent que vous voudrez. Maintenant la maîtresse de maison va vous montrer vos chambres. »

Il caressa Kafi qui frétillait de la queue.

« Quel superbe animal ! Ici, nous n'avons pas

de chiens de cette taille et de cette race. Ils ne supporteraient pas l'hiver. »

Mme Torril, qui pouvait avoir une quarantaine d'années, les conduisit à l'étage supérieur. Les trois camarades n'avaient pas envie de dormir. Minuit était passé depuis longtemps et ils continuaient à discuter dans la petite chambre de Mady. Il faut croire que leurs précédentes aventures les avaient dotés d'un flair de détectives car la discussion s'était une fois de plus engagée sur les deux étranges passagers du *Hornelen.*

« Je ne suis pas aussi calé en mécanique que le Tondu, disait le "petit" Gnafron, mais, lorsqu'ils ont débarqué, j'ai tout de suite remarqué que leur bagnole n'était pas une camionnette ordinaire. Je suis presque certain qu'elle possède quatre roues motrices, ce qui lui permet de rouler sur n'importe quel terrain. En outre, elle est munie d'une antenne spéciale pour poste émetteur-récepteur.

— Si je ne me trompe pas, ajouta Mady, en quittant le port, ces individus ont emprunté la même route que nous. »

Puis, s'adressant à Tidou :

« Te souviens-tu exactement, le juron mis à part, des mots français que le rêveur a laissés échapper ?

— Oui, sacs... engrais... camelote... plateau... 7 juillet, je crois, et un autre, norvégien, celui-là, "Torsken" ou quelque chose d'approchant. Il l'a même répété plusieurs fois encore sur le pont quand je les épiais. Sur le coup, j'ai pensé que c'était le nom d'un des deux hommes mais, à la réflexion, il pourrait désigner autre chose.»

Mady répéta les mots, mais ne put établir aucun lien entre eux.

«En tout cas, poursuivit Tidou, je suis sûr que celui qui avait le menton en galoche était furieux d'entendre son compère parler français, comme s'il avait une peur terrible que je comprenne... et c'est sûrement pour ça qu'il l'a entraîné de force sur le pont, de crainte qu'il ne se rendorme et rêve de nouveau à voix haute.

— Bizarre! Bizarre! murmura Gnafron. S'il rêve en français, cet homme est probablement un de nos compatriotes.

— En tout cas, reprit Mady, le sens de ces quelques mots m'échappe. Je retiens pourtant parmi ces derniers : 7 juillet. Cette date aurait-elle une importance pour eux?»

Sur cette question à laquelle personne, évidemment, ne pouvait répondre, la discussion tourna court.

«Couchons-nous, dit Tidou. Nous reparlerons de tout ça demain avec les autres...»

Chapitre 4

Deux étranges sacs...

Le lendemain, dimanche 3 juillet, Gnafron s'éveilla le premier. Le jour était à peine plus clair qu'à l'heure du coucher. Sa montre marquait pourtant neuf heures et demie. Le jeune homme s'approcha de la fenêtre et constata que le ciel s'était couvert. Au loin, des nuages bas et uniformes dissimulaient les montagnes. Dire qu'ils avaient joui d'un si beau temps pendant leur voyage!

Il réveilla Tidou que Kafi regardait dormir, puis alla frapper à la porte de Mady. Elle avait achevé sa toilette et s'apprêtait à sortir. Ils descendirent ensemble dans la salle commune, bien chauffée à l'électricité. M. et Mme Torril étaient debout depuis longtemps... le grand-père aussi, qui leur demanda s'ils préféraient, pour leur petit déjeuner, du thé, comme les

Anglais, ou du lait de renne. « Je suis sûr que vous n'en avez jamais bu. Cela ressemble au lait des chèvres de votre pays. »

Ils n'y avaient jamais goûté, en effet ; trouvant la boisson excellente, ils s'en régalèrent. Des tranches de saumon fumé complétaient ce copieux petit déjeuner. Puis ils remontèrent dans leurs chambres où ils se vêtirent chaudement pour la promenade, ce qui fit dire au grand-père :

« Quels frileux ! On voit bien que vous venez d'un pays méridional. »

En quittant la maison, ils aperçurent la Guille, Bistèque et le Tondu, emmitouflés eux aussi ; ils venaient à leur rencontre. Tidou tint à les présenter aux Torril et au vieux Peder.

« Vous en avez de la chance, dit la Guille à ses camarades. La famille Kneer est très sympathique mais le père, seulement, parle quelques mots d'anglais... et, comme nous ne sommes guère des polyglottes, il est difficile de se comprendre. Allons ! Que penseriez-vous d'un petit tour en ville, pour oublier ce vilain ciel gris ?

— Très bonne idée, répondit Mady, on y avait déjà pensé ! »

Encapuchonnés jusqu'aux yeux, malgré la température relativement douce, ils sortirent en compagnie de Kafi à qui cet air vif ne déplaisait pas. Heureux de se retrouver, ils bavardèrent tout au long du chemin qui séparait la maison des Torril de Tromsoe. Comme Tidou, Mady et Gnafron, les trois autres s'étaient couchés tard et avaient, eux aussi, songé aux deux inconnus du bateau.

« Qui sait si nous ne les apercevrons pas en ville ? dit le Tondu. Tromsoe ne paraît pas si grand. »

En effet, la ville la plus septentrionale du monde ne comptait pas plus de cinquante mille habitants ; elle ressemblait plutôt à un grand village avec ses maisons disséminées et ses larges rues commerçantes. Au cours de leur promenade, les jeunes gens lisaient à haute voix les noms bizarres des enseignes de magasins. Puis ils admirèrent l'immense pont en dos d'âne qui relie la ville au continent.

Un peu déçus, néanmoins, ils étaient prêts à rebrousser chemin quand Bistèque, qui s'était arrêté, demanda à Tidou, à brûle-pourpoint :

« Torsken !... N'est-ce pas le nom que tu as entendu répéter plusieurs fois par ces deux hommes, sur le *Hornelen* ?

— Si, Torsken... ou quelque chose de très approchant. Pourquoi cette question ?

— Regarde ! »

Bistèque pointa le doigt en direction d'un grand bâtiment blanc ressemblant à une usine. Le mot « Torsken » s'étalait en grosses lettres bleues sur deux de ses murs.

« C'est bien ça ! s'écria Tidou à son tour ; Torsken. Est-ce un nom propre ou celui d'un produit ? »

Ils s'approchèrent du bâtiment d'où émanait une forte odeur de poisson.

« Une conserverie ! annonça le Tondu qui humait l'air, ou une sécherie de morue peut-être, on en pêche tant par ici ! »

Un agent de police avec une longue houppelande noire approchait. Très poliment, l'homme esquissa un salut militaire et essaya de répondre aux questions des jeunes gens. Les Compagnons découragés par son langage incompréhensible le remercièrent d'un signe et se remirent en marche. Ils contournaient l'usine lorsque, tout à coup, Gnafron s'arrêta :

« Regardez !... Près de la grande porte à glissière ! L'auto... »

Et tous observèrent la camionnette grise dont ils avaient parlé. Même de loin, son numéro minéralogique était visible. Elle stationnait devant l'entrée, les portes arrière grandes ouvertes. Le fourgon était vide. Le Tondu, spécialisé en mécanique, fut de l'avis de Gnafron : la machine semblait bien trop haute pour ne pas reposer sur quatre roues motrices. Circulait-elle souvent dans l'arrière-pays lapon ? En tout terrain ?

Ils battirent retraite pour ne pas risquer d'être vus et attendirent. Au bout de quelques minutes, l'un des deux hommes, celui que Tidou avait spontanément surnommé « Galoche », sortit de l'établissement, courbé sous le poids d'un gros sac. Il le déposa dans la voiture, puis se frotta les mains l'une contre l'autre comme si ce qu'il avait manipulé était sale. Après quoi, il disparut de nouveau à l'intérieur. Quelques minutes plus tard, il revint avec un deuxième sac, identique au premier, qu'il chargea sans ménagement. Enfin, l'homme referma les portes de la camionnette, s'essuya encore les mains et se mit au volant.

« Pour un négociant, constata Mady, il n'a pas

l'air d'avoir bien réussi. Il ne coltinerait pas lui-même ces énormes ballots, s'il était aussi riche que nous l'avons supposé.

— Non, certainement pas, approuva Bistèque. Ah ! Si nous avions nos vélomoteurs, nous aurions pu au moins le prendre en filature ! »

La camionnette ne tarda pas à démarrer. Par chance, Tidou portait les jumelles que son père lui avait offertes à Noël, pour le récompenser de son excellent travail au lycée. Il put donc suivre la voiture dans sa course, le long de la petite route du fjord. Il la garda longtemps dans le champ de sa lorgnette ; tantôt elle disparaissait au détour du chemin, tantôt elle réapparaissait. Malgré sa couleur neutre, il la repérait toujours.

« Ça y est ! dit-il, elle passe devant la maison des Torril. »

Quelques instants plus tard, il la vit quitter la route et obliquer vers la droite, en direction de la montagne. Puis il la perdit de vue.

« Curieux, murmura Gnafron, ces deux individus n'habitent donc pas au bord du fjord ? »

C'est alors que Mady s'écria :

« La neige !... Il neige !... »

Mêlés à la petite pluie fine qui tombait depuis un moment, de gros flocons lourds, gonflés d'eau, s'écrasaient en tombant au sol.

« Rentrons, dit le Tondu, nous n'avons plus rien à faire dans Tromsoe. Votre vieux grand-père nous apprendra sûrement ce que signifie ce mot Torsken... et qui sait s'il n'a pas remarqué cette camionnette grise qui passe peut-être souvent devant chez lui. »

Ils firent demi-tour, courbant la tête pour se protéger des flocons glacés, et le Tondu pensa qu'il devrait troquer son béret basque contre un bonnet fourré à oreillettes. Trois quarts d'heure plus tard, à midi pile, ils avaient retrouvé la douce chaleur de la maison de leurs hôtes. Le repas était déjà servi, un repas simple car les Norvégiens, comme l'avaient déjà constaté les Compagnons, se nourrissaient sobrement au déjeuner.

En voyant les plats sur la table, la Guille déclara :

« Il est grand temps de rentrer chez les Kneer. Ils doivent nous attendre.

— Non, restez donc aussi, dit le grand-père. Trois de plus ou de moins... Je vais téléphoner aux Kneer et leur dire que nous vous gardons à déjeuner.

— Oh ! s'étonna Mady, vous avez le téléphone ?

— Toutes les maisons possèdent l'électricité et le téléphone, mon enfant, fit le vieux Peder, même les plus isolées. La Norvège est un pays pauvre, mais non arriéré, comme vous l'imaginiez peut-être. »

Il dit quelques mots à sa fille, qui approuva et décrocha l'appareil pour prévenir les Kneer.

Tidou, qui brûlait d'impatience ainsi que ses amis, demanda au grand-père ce que signifiait le mot Torsken peint sur le mur d'une usine de Tromsoe. Etait-ce un nom propre, le nom d'un produit alimentaire ou l'enseigne d'une conserverie ?

« Un nom propre, répondit le bonhomme,

celui de l'industriel qui a créé la fabrique... Mais il ne s'agit pas d'une conserverie, seulement d'une fabrique d'engrais à base de poisson. Vous n'ignorez pas, jeunes gens, que nous pêchons la morue en énormes quantités, au moment du frai printanier, quand ces poissons viennent pondre dans nos eaux. On fait sécher les têtes, impropres à la consommation, avant de les réduire en une poudre riche en azote et en phosphore. Cet engrais se montre particulièrement efficace, il est aussi très malodorant.»

Les Compagnons se regardèrent. Ainsi l'inconnu était venu chercher à l'usine deux gros sacs d'engrais, mais deux seulement. Et que pouvait-il bien vouloir en faire?

Mady demanda donc au vieux Peder s'il avait vu passer, devant sa maison, une camionnette grise, haute sur roues, munie d'une antenne et immatriculée T.564.

Le grand-père réfléchit.

«Oui, une camionnette grise, je l'ai aperçue plusieurs fois. Elle est même passée tout à l'heure, comme si elle se rendait au bout du fjord.

— Vous connaissez son propriétaire?»

Le bonhomme ouvrit de grands yeux bleus étonnés.

«Non... Pourquoi cette question?»

Alors, les Compagnons racontèrent la curieuse rencontre qu'ils avaient faite à bord du *Hornelen*. La camionnette grise appartenait à deux hommes, Français probablement, mais qui parlaient couramment le norvégien et venaient d'acheter deux sacs d'engrais à l'usine Torsken.

« Oui, précisa Tidou, la voiture est passée devant chez vous, tout à l'heure, mais elle n'a pas continué son chemin jusqu'au fond du fjord. Je l'ai suivie à la jumelle. A quelques centaines de mètres d'ici, elle a obliqué vers la montagne. Y a-t-il des habitations à l'est de Tromsoe ?

— Quelques maisons de Lapons, plus sommaires que les nôtres... cependant les Lapons n'utilisent pas d'engrais car les rennes, dont ils se nourrissent, broutent des mousses et des lichens qui poussent en abondance. Les engrais sont en général expédiés dans les pays du Sud, les pays chauds, la France par exemple. »

Il y eut un silence puis Tidou reprit :

« Cet homme et son compère agissent bizarrement. L'un d'eux a rêvé tout haut, en français, l'autre nuit sur le bateau. J'ai retenu plusieurs mots, et, entre autres, cette date : le 7 juillet. Se passe-t-il quelque chose de particulier en Norvège ce jour-là ? »

Le bonhomme secoua la tête :

« Non, pas du tout. L'été, chez nous, est une saison morte, la saison du farniente. Le travail de la pêche commence l'hiver et culmine vers la fin de la nuit polaire.

« Je me demande, comme vous, ce que ces deux hommes pourraient bien faire de leurs sacs d'engrais, ajouta le vieillard en caressant son menton soigneusement rasé. Quant à ce 7 juillet qui semble les intéresser, il ne m'évoque absolument rien. »

A son tour, Bistèque posa une question :

« A quelle sorte de contrebande peut-on se livrer dans le Grand Nord ?

— Pas à celle des engrais, en tout cas, répondit le bonhomme en riant. Autrefois, il y avait des trafiquants de fourrures, les peaux de bébés phoques, par exemple, mais le gouvernement a mis fin à ce massacre... et je suis fier de l'avoir aidé dans cette tâche. J'ai lutté également avec le vieux Kneer, contre l'emploi abusif des chiens de traîneau. Nous sommes tous deux des membres actifs de la S.P.A. norvégienne.

— Pourtant, intervint Mady, la chasse aux bébés phoques se poursuit encore au Groenland ? En France, il ne se passe pas un printemps sans que l'on s'indigne de ces tueries !

— Je sais, approuva le vieillard, c'est scandaleux. »

Autour de la table, maintenant desservie, la conversation se prolongeait. Dehors, la neige avait cessé de tomber, mais une légère bruine persistait. Peder Torril se montrait un Norvégien loquace, ce qui surprenait chez cet homme du Nord. Sans doute prenait-il plaisir à échanger quelques idées avec de jeunes étrangers.

Enfin, la Guille, Bistèque et le Tondu se levèrent pour rentrer chez leurs hôtes.

« Nous vous accompagnons un bout de chemin », dit Mady.

Et ils sortirent. Ils étaient presque à mi-chemin entre les deux maisons quand le Tondu, qui marchait en avant, s'arrêta net, les yeux fixés sur le sol.

« Regardez ! Il y a des traces de roues sur la route mouillée... elles bifurquent à gauche.

Pourtant, il n'y a pas de chemin, de ce côté. Je suis sûr que c'est là, Tidou, que tu as vu, tout à l'heure, la camionnette s'engager dans la montagne. »

Ils scrutaient le versant rocailleux comme si la voiture pouvait surgir d'un moment à l'autre, mais le ciel était si bas, les nuages si lourds qu'ils ne distinguèrent rien à travers la brume.

« Dommage, dit le Tondu... Demain, le temps sera peut-être meilleur.

— Alors, décida Tidou, rendez-vous ici demain à neuf heures. Nous demanderons aux Torril et aux Kneer de nous préparer un casse-croûte en guise de déjeuner. Nous découvrirons peut-être quelque chose... »

Chapitre 5
La grotte

Le lundi, Tidou, Gnafron et Mady se levèrent de bonne heure. Sans se préoccuper de l'absence d'obscurité, ils s'étaient endormis la veille vers dix heures du soir, en rêvant aux récits que le vieux Peder leur avait dispensés sur la pêche à la morue.

Par chance, il faisait un temps resplendissant. Un coup de vent avait chassé nuages, pluie et brouillard ; le soleil rayonnait dans le ciel lavé. Les trois camarades déjeunèrent rapidement tandis que l'infatigable Peder, réveillé depuis longtemps, arpentait la pièce en bavardant.

« Cette nuit, annonça-t-il, j'ai pensé à vos deux hommes. Tout ce que vous m'avez dit d'eux m'intrigue. Je me demande vraiment ce qu'ils comptent faire de leurs sacs d'engrais... et où ils les ont emportés. J'aimerais bien vous accompagner, mais si je tiens encore ma place sur un chalutier, je suis devenu un piètre marcheur. Allez, filez et ne vous fiez pas trop au ciel clair. En Norvège, le temps change rapidement. Cet après-midi, il pourrait pleuvoir de nouveau... neiger peut-être, bien que la neige soit rare en juillet. Equipez-vous convenablement!»

Sur ces conseils, les jeunes gens prirent leurs anoraks et quittèrent la maison couleur de brique, avec Kafi que cet air, plus léger qu'à Lyon, émoustillait. Quand ils rejoignirent le lieu de rendez-vous, sur la route, leurs trois camarades n'étaient pas encore là. Ils arrivèrent avec une demi-heure de retard, avouant qu'une passionnante partie de scrabble les avait retenus fort tard la veille au soir.

«Avez-vous vos casse-croûte? leur demanda Tidou.

— Oui, ils sont dans mon sac à dos, répondit Bistèque. Mme Kneer nous a gâtés!»

Ils repérèrent, sur la route détrempée, l'endroit où la camionnette avait bifurqué.

«Dommage, fit le Tondu, que Kafi n'ait pu flairer le véhicule, il nous aurait aidés.»

Ils eurent beaucoup de peine, en effet, à suivre les traces de roues hors du chemin, sur la pente couverte de lichens. Ils y parvinrent cependant, grâce à quelques mousses qui gisaient çà et là arrachées par les pneus.

La pente ne s'avéra pas aussi raide qu'ils l'avaient supposé. Au bout d'une heure, ils avaient atteint une altitude de trois ou quatre cents mètres, ce qui était suffisant pour que la neige, tombée la veille, n'ait pas encore fondu. La piste devenait plus nette. Bientôt, les Compagnons débouchèrent sur un vaste plateau désert entièrement recouvert d'une mince couche de neige que perçaient par endroits quelques rameaux chétifs.

Tout essoufflés par la montée, ils s'arrêtèrent pour casser la croûte. Ils se distribuèrent du poisson séché qui accompagnait un pain compact et dense. Pour boire, ils avaient une gourde d'eau fraîche. La chaleur du soleil rendait maintenant superflus anoraks et gros chandails de laine. Quel curieux pays où l'on passait sans transition du froid de l'hiver à la chaleur de l'été.

« Dépêchons-nous de manger, conseilla Tidou. Si la neige fond, nous aurons de nouveau du mal à suivre les traces. »

Un peu réconfortés, ils reprirent leur marche et parcoururent plus d'un kilomètre en plein désert. Ils commençaient à se demander où les conduisait cette piste et s'ils n'étaient pas allés trop loin, quand les marques, jusque-là rectilignes, obliquèrent vers la droite.

« Attention, fit le Tondu, la camionnette n'est sans doute plus très loin. »

La piste, en effet, suivait une déclivité jusqu'à une faille du plateau, trop étroite sans doute pour être visible de loin. Ils s'engagèrent sur la pente d'abord assez douce puis ils s'arrêtèrent quatre cents mètres plus loin ; Kafi, qui marchait devant avec son maître, flairait le sol. Tidou s'agenouilla lui aussi.

« Aucun doute, fit-il en se relevant, cette odeur, nous l'avons perçue aux abords de l'usine Torsken ; ça sent l'engrais.

— Et regardez cette tache d'huile, ajouta Bistèque, de l'huile de moteur! La camionnette n'est pas allée plus loin... et du reste, elle n'aurait pas pu se frayer un chemin dans ce chaos de rochers.»

La faille était profonde et mal éclairée par le soleil rasant. Tidou hésitait.

«Ne bougez pas, dit-il à ses camarades, je vais examiner les lieux avec Kafi.»

Il s'avança prudemment, la laisse bien en main; son chien dressait l'oreille. Rien, aucun bruit. Il descendit alors entre les blocs de granit et découvrit l'entrée d'une grotte naturelle dont il ne pouvait estimer la profondeur. Il surveillait Kafi tout en l'encourageant à écouter. Mais celui-ci ne manifestait aucune inquiétude. Alors, se retournant vers ses camarades :

«Venez!» cria-t-il.

Personne n'avait songé à emporter une lampe de poche. A quoi bon dans ce pays où, l'été, la nuit n'existe pas? Ils s'enfoncèrent donc à tâtons à travers la profonde anfractuosité, trébuchant sur les irrégularités du sol.

«Attendez! dit Bistèque. Voilà de quoi nous éclairer.»

Le jeune garçon avait toujours sur lui une boîte d'allumettes. Il en frotta une. La petite flamme jaillit dans le noir en brûlant juste assez pour que les Compagnons aient le temps de reconnaître les deux gros sacs d'engrais, déposés contre une paroi.

«Venir cacher ces sacs ici, grommela Gnafron, c'est à n'y rien comprendre. Cette poudre faite avec des têtes de morues n'a pourtant guère de valeur... Mais j'y pense, est-ce bien de l'engrais ? L'odeur pourrait nous tromper ou cacher autre chose.

— Voyons ça », dit le Tondu.

En dénouant la grosse corde qui fermait l'un des sacs, il y plongea son bras jusqu'au coude. Puis il fit de même pour le second.

« Rien, dit-il, il n'y a que de l'engrais... Quelle puanteur ! »

Le Tondu referma soigneusement les deux sacs qui pesaient chacun une cinquantaine de kilos.

« C'est incompréhensible, soupira Mady. Je donnerais cher pour éclaircir ce mystère... mais nous n'avons pas exploré le fond de la grotte. »

Bistèque craqua d'autres allumettes et ils avancèrent à l'intérieur de la caverne où ils firent une nouvelle découverte : plus de deux douzaines de sacs en jute, vides, étaient empilés sur le sol et, à côté d'eux, autant de sachets en matière plastique bleu opaque. Les premiers, qui portaient en caractères imprimés la marque « Torsken, Tromsoe, Norge », étaient probablement destinés à recevoir du fertilisant, mais que contenaient les autres ?

Les Compagnons poursuivirent leur exploration. En faisant craquer une nouvelle allumette, Bistèque aperçut, posée sur une saillie du rocher, une paire de gants de cuir fourrés.

« Une aubaine ! » s'écria-t-il.

Puis se tournant vers Tidou :

« Voyons si Kafi peut y déceler une odeur particulière ! »

Manifestement, l'un des deux hommes avait

porté ces gants récemment car, en les flairant, Kafi battit de la queue et se mit à tourner en rond dans la grotte comme s'il cherchait une piste.

« Emportons-les ! dit Gnafron, ils pourront nous servir. »

Mady protesta. Ils n'avaient pas le droit de subtiliser ces gants. Il valait mieux jouer franc jeu.

« Franc jeu ou pas, peu importe, répondit Gnafron. Est-ce que ces deux individus sont honnêtes, eux ? Crois-tu qu'ils viennent déposer leur engrais jusqu'ici simplement pour le mettre à l'abri de la pluie et de la neige ? Ces gants, du reste, sont usés, râpés, et tout juste bons à jeter.

— On pourrait peut-être n'en emporter qu'un », suggéra innocemment la Guille.

Gnafron sourit :

« Que feront-ils avec un seul gant ?... Ils vont tout de suite se demander où est passé l'autre, tandis que si les deux ont disparu, ils croiront seulement les avoir perdus. »

Il ne restait plus que deux allumettes. Bistèque les utilisa pour permettre à ses camarades de regagner l'entrée de la grotte. D'ailleurs, ils n'avaient laissé aucun guetteur dehors. Les deux individus pouvaient revenir.

« Sortons vite », dit Tidou.

Guidé par l'odeur du gant (ce n'était pas la première fois qu'ils utilisaient un tel objet pour chercher une piste), Kafi remonta la pente en flairant le sol, jusqu'à l'endroit où, quatre cents mètres plus loin, les deux compères avaient déchargé la marchandise.

« Continue, Kafi », ordonna son maître.

Hélas ! si Kafi était doué d'un flair exceptionnel, il lui était difficile de suivre la trace d'individus qui avaient fui en auto.

« Inutile de chercher davantage, fit Mady. Regardez ces lichens écrasés sur toute cette étendue. Les inconnus sont allés et revenus par le même chemin. »

Mady avait raison. Les individus avaient emprunté le même itinéraire au retour. Ils habitaient probablement Tromsoe. C'est donc en ville qu'on aurait quelques chances de les retrouver. Malheureusement, ils connaissaient les cinq garçons et Mady pour les avoir vus sur le *Hornelen* pendant plus de vingt-quatre heures... et ils reconnaîtraient encore mieux Kafi, dont la présence dans leur cabine les avait agacés.

« Oui, approuva Gnafron, il nous sera difficile de suivre leurs déplacements à travers la ville. Rentrons tous chez les Torril. Nous raconterons notre découverte au vieux Peder. Il trouvera peut-être une explication au camouflage des deux sacs d'engrais sur le plateau. »

Il était déjà six heures. Le soleil déclinait. Le retour parut interminable. Il était presque neuf heures et l'air avait passablement fraîchi quand l'équipe atteignit le bord du fjord. Le vieux Peder se trouvait seul à la maison.

« Ma fille et mon gendre sont allés se promener, dit-il. Les Norvégiens adorent les longues marches dans la montagne. C'est leur plus grand plaisir... Et vous, d'où rentrez-vous ? Vous paraissez fourbus. »

Tidou lui raconta leur expédition et l'étrange découverte qu'ils avaient faite dans une grotte du plateau. Tout d'abord, le vieil homme ne les prit pas au sérieux ; il croyait à une plaisanterie.

« Comment ?... Deux sacs d'engrais cachés dans une caverne ? C'est impossible !

— Pourtant, reprit Tidou, mes camarades en sont témoins. »

Le grand-père réfléchit :

« Vous dites qu'en plus des deux sacs pleins il y en avait une quantité d'autres, vides, ceux-là... Les pochettes en matière plastique étaient-elles plus petites, beaucoup plus petites ?

— Leur volume, estima Gnafron, représentait environ les deux tiers de celui des sacs de l'usine. »

Le grand-père frotta son menton lisse.

« Je n'y comprends rien, moi non plus... Mais vous avez raison, c'est louche... plus que louche... ou alors ces deux hommes sont fous !

— Oh ! sûrement pas, monsieur Holthe ! s'exclama Gnafron.

— Alors, il faudrait en avoir le cœur net... Mais comment procéder ?

— Pour nous, ce sera délicat, intervint Mady. Ces deux individus peuvent nous reconnaître, ainsi que Kafi. Il vaudrait mieux que quelqu'un d'autre... votre gendre, par exemple, puisqu'il est, pour ainsi dire, en vacances...

— Et moi donc ? rétorqua le vieux en se redressant. Les longs trajets me fatiguent, il est vrai, mais je peux me déplacer et je sais conduire. Cependant, ces deux hommes, comment les reconnaîtrai-je ?

— Voilà, dit vivement Tidou, à bord du *Hornelen,* j'ai pris une photo d'eux sans qu'ils s'en aperçoivent. La bobine est chez le photographe ; il aura tiré les épreuves demain matin... »

Chapitre 6

Où va donc le *Roedberg* ?

Le mardi, tandis que Gnafron dormait encore à poings fermés, Tidou se leva rapidement et alla chercher ses photos à Tromsoe. Les épreuves étaient bonnes, en particulier le cliché des deux hommes. Leurs visages, vus de trois quarts, montraient avec précision leurs traits tourmentés, le nez busqué de l'un et le menton en galoche de l'autre. Il revint très vite chez les Torril et tendit la photo au vieux Peder qui l'examina de près en hochant la tête.

« Non, je n'ai jamais vu ces individus. Leur voiture a beau passer souvent devant la maison, je n'ai prêté aucune attention à ses passagers. »

Puis il donna l'image à son gendre qui, aussitôt, fronça les sourcils, se tourna vers Peder et lui parla longuement dans un langage haché. Il était visiblement très courroucé.

« Que dit-il ? fit Tidou quand Harald eut terminé.

— Il est certain d'avoir vu ces deux hommes dans un café de Tromsoe, en compagnie d'un dénommé Knut, un marin dont la réputation est plus que douteuse. Ils buvaient ensemble de l'aquavit, l'alcool du pays. Harald connaît bien Knut, un individu peu recommandable qui, si l'on se fie à ce qu'il dilapide dans les bistrots, doit jouir d'une confortable fortune personnelle. Harald l'a employé, l'année dernière, pour pêcher le long des côtes du Grœnland. Il l'a même soupçonné de lui avoir volé plusieurs milliers de couronnes, autrement dit plusieurs milliers de francs. Malheureusement, Harald n'ayant pu obtenir de preuves formelles, l'affaire n'a pas eu de suites. »

Et le vieux Peder ajouta :

« Tout cela donne à réfléchir ! Je ne te cache pas que Harald et moi serions heureux d'y voir clair dans ce trafic... si trafic il y a. »

Il caressait en silence son menton, l'air préoccupé, lorsque brusquement il s'écria :

« J'ai une idée, Tidou ! Si nous allions faire un tour en ville, toi et moi. Tromsoe n'est pas si grand.

— D'accord, approuva Tidou, mais, vous le savez, je crains d'être reconnu.

— Alors, change de vêtements. Tu pourrais enfiler un passe-montagne, nous en avons à revendre, à la maison... et surtout n'emmène pas ton chien. Harald, lui, restera ici car il ne tient pas à rencontrer son ancien marin ! »

Tidou courut se changer. En le voyant enfiler un passe-montagne, Gnafron qui venait de s'éveiller lui demanda où il allait :

« Je sors avec le vieux Peder. Je suis pressé, il est déjà dix heures. Va réveiller Mady et dis-lui que son déjeuner l'attend en bas. A tout à l'heure ! »

Le vieux Peder avait simplement jeté une veste de cuir sur ses épaules. Il sortit l'auto, une voiture anglaise d'un modèle assez ancien, munie d'un hayon à l'arrière. D'une main ferme, le grand-père la pilota jusqu'à Tromsoe et l'arrêta sur le port, près des chalutiers amarrés à quai.

« Restez dans l'auto, dit Tidou, si j'aperçois l'un ou l'autre de nos deux hommes je viendrai vous prévenir. »

Il arpenta les quatre ou cinq rues principales de la ville... mais en vain. La chance n'était pas au rendez-vous. Il persista cependant à errer çà et là, jetant un coup d'œil à l'intérieur des cafés. Il transpirait sous son passe-montagne car, dehors, le temps était doux. Enfin, il décida de retourner à la voiture.

« Il n'y a personne, monsieur Holthe, dit-il. Nous sommes venus pour rien.

— Ce n'est pas certain.

— Pendant mon absence, vous avez observé quelque chose ?

— Oui, ce bateau, le *Roedberg*. Tel que tu le vois, il s'apprête à appareiller mais pas pour une journée de pêche, je te le garantis !

— Qu'est-ce qui vous le prouve ?

— Regarde ces marins qui discutent sur le quai. Ils ont discrètement chargé des vivres, tout à l'heure, et trois grands bidons d'eau douce.

— Mais en quoi cela concerne-t-il nos deux individus ?

— Apprends, jeune homme, que lorsque deux faits paraissent bizarres, on peut penser qu'il y a un lien entre eux. »

Tidou prit un air stupéfait, mais le vieux Holthe avait son idée.

« Rentrons chercher Harald, dit-il, nous lui demanderons ce qu'il en pense. »

Là-dessus, il démarra pour arriver, une dizaine de minutes plus tard, devant la maison. Harald, en bon Norvégien soucieux de la netteté de sa demeure, repeignait le bord des fenêtres en blanc. Le vieil homme lui cria quelques mots en norvégien et aussitôt Harald rangea pinceau et pot de peinture pour sauter, quelques instants plus tard, dans la voiture. Tidou s'apprêtait à céder son siège lorsque le vieux Peder s'écria :

« Non, reste assis à côté de moi. Harald va s'installer à l'arrière, il verra aussi bien et ne courra pas le risque d'être reconnu. »

La voiture fit demi-tour, sous les yeux de Mady et de Gnafron qui ne comprenaient rien à ce manège. Comme tout à l'heure, la voiture stoppa sur les quais, un peu plus loin du *Roedberg*, pour n'être pas remarquée, mais face à lui. Harald Torril pouvait aisément suivre les allées et venues autour du bateau. Soudain, il poussa une exclamation, puis, très vite, expliqua quelque chose à son beau-père.

« Que dit-il ? demanda Tidou.

— Knut est là, avec trois autres marins. Harald savait que ce damné pirate avait, on ne sait comment, acheté un chalutier, mais il ne savait pas lequel. Mon gendre et moi pensons que le *Roedberg* ne tardera pas à appareiller... mais pour quelle destination ? Ils ne pêcheront sûrement pas car nous sommes en pleine morte saison. »

Puis, réflexion faite, le vieil homme ajouta :

« Ecoute, Tidou, tu devrais descendre sur le quai. Avec ton passe-montagne personne ne peut te reconnaître. Tu essaieras de jeter un coup d'œil sur ce que ces hommes embarquent. »

Tidou s'exécuta. Cinq minutes ne s'étaient pas encore écoulées quand il entendit une voiture freiner derrière lui. Il tressaillit en reconnaissant « Galoche » qui descendait de la camionnette grise. L'homme, cependant, passa son chemin, pressé de rencontrer les marins du *Roedberg*, debout sur le quai. Il leur serra la main, puis les cinq hommes se mirent à bavarder en norvégien. Ah ! Si Tidou avait pu comprendre ! Mais peut-être ne disaient-ils que des choses banales. Le jeune homme retint un mot, pourtant plusieurs fois prononcé à mi-voix et qui avait une consonance anglaise : berren.

Après avoir encore flâné quelques instants sur le quai, Tidou, sans se presser, revint vers la voiture.

« Je n'ai rien vu, dit-il, je ne sais pas ce qu'ils emportent mais, pendant que les cinq hommes discutaient, j'ai retenu un mot : berren ou quelque chose d'approchant.

— Berren !... explosa Harald, Berren !...

— Qu'est-ce que c'est ? demanda vivement Tidou, surpris par la réaction d'Harald.

— Le nom qu'on donne ici au Spitzberg et à l'île aux Ours, une île rocheuse à mi-chemin entre le cap Nord et l'archipel du Spitzberg.

— On y trouve des ours blancs ?

— Pas plus d'ours que de lapins de garenne. Elle est déserte.

— Alors, que vont-ils donc faire là-bas ?

— Justement, voilà la question... à moins que l'île aux Ours ne soit pour eux qu'une escale avant d'atteindre le Spitzberg... Et cet archipel, lui, n'est pas tout à fait inhabité. On y extrayait du charbon autrefois. Il reste encore quelques baraquements. Plus loin, au nord, c'est l'océan Glacial, la banquise. Je te montrerai une carte à la maison lorsque nous serons de retour. »

Il y eut un silence. Harald, soucieux, ne soufflait mot. Enfin, il fit signe à son beau-père de partir. Il était plus de midi quand la voiture s'arrêta devant la maison de bois. Gnafron et Mady commençaient à trouver le temps long.

« Alors ? » demandèrent-ils en même temps.

Tidou s'empressa de leur expliquer ce qu'il venait d'apprendre. L'affaire se compliquait : un certain Knut, ennemi juré de Harald, mais ami de « Galoche », se préparait à partir sur un chalutier vers l'extrême Nord.

La table dressée, chacun prit sa place, mais il régnait dans la salle une atmosphère pesante. Naturellement, il ne fut question que du double mystère, celui de la grotte et celui du départ imminent du chalutier, les deux ayant certainement un rapport. Ce fut surtout le vieux Peder qui parla. Son gendre, lui, se taisait, le visage fermé comme quelqu'un qui réfléchit ou mûrit un projet.

Brusquement, à la fin du repas, cet homme si calme assena sur la table un grand coup de poing qui fit trembler la vaisselle. Puis, d'une voix rude qui contrastait avec son comportement habituellement serein, il parla d'abondance, tantôt tourné vers sa femme, tantôt vers son beau-père. Qu'expliquait-il? Les Compagnons ne saisissaient pas un mot de leur conversation; ils comprirent cependant que Mme Torril s'inquiétait car elle posa la main sur le bras de son mari pour le calmer. Harald baissa le ton mais n'en poursuivit pas moins sa harangue qui s'acheva sur un dernier coup de poing.

Un silence gêné régnait à nouveau dans la salle commune. Enfin, Mady osa demander quelques explications.

«J'aime beaucoup mon gendre, expliqua le grand-père. Il est franc et loyal et, en tant que tel, c'est un ennemi juré de l'injustice. Harald est, lui aussi, persuadé que Knut et ses deux compères préparent un sale coup et il vient de prendre une décision.

— Laquelle?

— Poursuivre leur bateau avec son propre chalutier, le *Karsley*. Mais il faut faire vite, le *Karsley* n'est pas prêt à partir.

— Et nous? demanda Gnafron.

— Harald vient de le dire, il aura sans doute besoin de vous et de vos camarades. Il faudra les prévenir, puisqu'on ne les a pas vus ce matin.

Vous devriez leur téléphoner. Voici le numéro des Kneer. »

A l'appareil, Mady, faute de savoir dire autre chose, prononça les noms de Bistèque, la Guille et le Tondu. Après quelques secondes d'attente, elle reconnut la voix du Tondu :

« Allô, Mady, j'écoute. Du nouveau au sujet des sacs ?

— Non, mais autre chose. Il faudrait que vous veniez tous ici, chez les Torril... Oui, tout de suite si vous avez fini de déjeuner. M. Holthe et son gendre ont quelques projets de balade sérieuse à nous proposer. Je n'en dis pas plus... »

Moins de vingt minutes plus tard, les trois Compagnons accouraient tout essoufflés. Il se tint alors, dans la maison de bois, un véritable conseil de guerre. Dieu merci, le père Holthe était là pour jouer le rôle d'interprète, traduisant au fur et à mesure le plan que son gendre exposait. Le *Karsley* n'était pas prêt à lever l'ancre, mais sa machinerie venait d'être revue, graissée, mise au point. Il fallait également s'approvisionner en eau potable, vivres et carburant pour une sortie de plusieurs jours.

« De plusieurs jours ? s'exclama la Guille...

— Il vaut mieux se montrer prudents, répondit le vieillard. Qui peut prévoir jusqu'où nous entraînera le *Roedberg* ?

— Et vous comptez nous emmener ? demanda le Tondu à son tour.

— Harald pense qu'il serait sage de vous partager en deux équipes. L'une à bord, l'autre au sol, pour suivre les allées et venues de la camionnette grise au cas où elle retournerait sur le plateau... c'est-à-dire au cas où vos deux lascars ne seraient pas sur le *Roedberg*.

— D'accord, fit Tidou, mais qui va choisir ?

— Harald, expliqua le grand-père, en sa qualité de capitaine, désignera son équipe. Mais je pense qu'il prendra Tidou et son chien Kafi, à cause de son flair qui lui sera précieux sur l'île aux Ours. »

Le vieux Peder se tourna vers son gendre pour lui demander de faire son choix. Harald montra du doigt le Tondu et la Guille, les plus costauds de la bande. Gnafron fit la moue en se voyant jugé trop petit, ainsi que Bistèque qui rêvait de naviguer. Mady, elle, ne protesta pas. Elle était sujette au mal de mer.

« Votre rôle à vous ne sera pas moins important, déclara Peder Holthe. Si nos compères s'aperçoivent que le *Karsley* se prépare, lui aussi, à lever l'ancre, ils risquent d'avoir des soupçons, et de modifier leurs projets. Il faudra rester sur place pour surveiller leurs agissements. »

Sans perdre de temps, Harald sauta dans la voiture, suivi de sa femme et de Mady, qu'il avait chargées d'acheter des vivres. Ils déposèrent Tidou et Bistèque au centre de la ville d'où les deux camarades devaient gagner le port et observer le *Roedberg*. Harald, lui, s'occuperait du carburant et de l'eau douce.

Les quais étaient assez éloignés du centre. Quand Tidou et Bistèque, coiffés de leurs passe-montagnes, parvinrent au port, le *Roedberg* n'avait pas encore largué les amarres. Deux hommes discutaient sur la passerelle avant, Knut et « Bec d'aigle ». Tidou se demanda si

« Galoche », lui, s'était déjà installé dans la cambuse. Le temps passa. Sans doute manifestaient-ils trop d'intérêt pour leur chalutier, car soudain Bistèque murmura :

« Attention, ils nous ont remarqués ! »

Ils s'éloignèrent, les mains dans les poches, sans se presser pour ne pas avoir l'air de fuir, puis, à l'abri d'une grue, continuèrent d'observer le chalutier. Malheureusement, les montants de la machine barraient en partie la vue et ils ne purent pas voir si « Bec d'aigle » avait ou non quitté le navire.

Soudain, Bistèque saisit le bras de Tidou.

« Ça y est !... Le *Roedberg* a largué ses amarres. Regarde, il s'éloigne dans le "sund" en direction du nord. Rentrons vite ! »

Chapitre 7

En route pour le Spitzberg

Le chalutier de Harald évoquait le .nom d'une côte sauvage et dangereuse où, trois ans plus tôt, celui-ci avait failli trouver la mort. Le *Karsley* quitta, à son tour, le port de Tromsoe. Plus rapide que le *Roedberg*, il possédait surtout un radar lui permettant de ne pas réduire sa vitesse en cas de brouillard.

Le *Karsley* était, en effet, un petit chalutier moderne, ponté, d'une grande simplicité de manœuvre. Harald, naturellement, tenait la barre. Autrefois mécanicien à bord d'un paquebot, le vieux Peder s'occupait des moteurs. A ce rôle, cette fois, il ajouterait celui d'interprète.

Ils avaient quitté le quai avec deux heures de retard. Cela représentait une vingtaine de milles marins environ, mais l'île aux Ours était si lointaine. Le nom impressionnait fort les trois

Compagnons qui savaient pourtant que la vie animale, là-bas, était inexistante. Ils n'y trouveraient guère que quelques mouettes, des goélands et des guillemots. Qu'allait donc y faire le *Roedberg*?

Cette question se posait toujours avec la même acuité. Harald, ce Norvégien calme et entêté, s'était-il trompé sur Knut en le prenant pour un complice des deux hommes du *Hornelen*?

Il était neuf heures du soir. Le soleil, dissimulé derrière les nuages, donnait une impression de crépuscule sans fin. Rassemblés dans la cabine de pilotage, les Compagnons scrutaient l'horizon à l'avant, espérant apercevoir la coque sombre du *Roedberg*. Mais seule, la mer immense s'étendait à l'infini.

« Allez vous coucher, dit le vieux Peder Holthe. Inutile d'attendre la nuit. Vous savez bien qu'elle ne viendra pas! » plaisanta-t-il.

Ils obéirent sans protester. La cabine était confortable, avec ses huit couchettes et, pour cuisiner, son réchaud à gaz que Bistèque aurait su apprécier. Il y avait même une sorte de réduit-toilette, ce qui n'existait pas à bord de tous les morutiers. Les trois camarades, assis sur le bat-flanc, discutèrent un moment avant de se coucher. Ils se demandaient si Harald n'avait pas une idée en tête au sujet de Knut et des deux hommes, mais son air taciturne n'encourageait guère la conversation.

Il était une heure du matin quand, abandonnant son gouvernail, Harald dégringola dans la cambuse où son beau-père était venu prendre un peu de repos. Le vieil homme se leva aussitôt :

« Que se passe-t-il ? demanda le Tondu que le bruit avait réveillé le premier.

— Montez, vous verrez ! »

Ils grimpèrent dans la cabine de pilotage ; l'horizon semblait toujours vide.

« Regardez plutôt le radar », suggéra le vieil homme.

Tidou se pencha sur le cadran rond balayé par une longue aiguille, qui le faisait ressembler à une horloge prise de folie.

« Que vois-tu ? demanda Peder.

— Quand elle oscille sur la droite, l'aiguille semble accrocher des taches lumineuses.

— Tu n'aperçois pas autre chose, plus près du centre ?

— Si, juste un petit point.

— Les taches indiquent les montagnes de l'île aux Ours et le petit point, le *Roedberg*. On ne le distingue pas à la jumelle, mais il n'est qu'à sept ou huit milles de nous... et il ne se dirige pas vers l'île mais droit sur le Spitzberg. Ah ! si le brouillard pouvait s'épaissir !

— Du brouillard ? s'étonna la Guille. Vous voulez du brouillard ?

— Cela nous permettrait de suivre le rafiot de près sans être vus... En attendant, vous avez le temps de dormir ou de casser la croûte, comme il vous plaira. Moi, je reste un peu avec Harald, ça me rappelle l'ancien temps. »

Le bon vieux était increvable. Depuis le départ de Tromsoe, il n'avait pas dormi plus d'une heure. Les trois camarades, trouvant que l'air fraîchissait sérieusement, ne se firent pas prier pour regagner la cabine éclairée par une seule lampe qui se balançait au plafond. Ils avaient faim. La Guille entreprit de faire une omelette, mais, maladroit, cassa les œufs de telle façon que les coquilles tombèrent dans le plat. Bah! peu importait. Puis ils regardèrent une carte de l'Arctique, une carte spéciale centrée sur le pôle.

Le Spitzberg se présentait comme un groupe d'îles déchiquetées, creusées de nombreuses baies et de fjords.

Le Tondu, à ce spectacle, enfonça jusqu'à ses yeux le bonnet à rabat qu'il venait d'acheter, pour parer, sans doute, à un nouveau rhume «de boule de billard», selon son expression.

Tidou, lui aussi, examinait la carte avec curiosité :

«Je me demande ce que le *Roedberg* va faire si loin au milieu des glaces?»

Enfin, ils se recouchèrent tout habillés sans éteindre la lumière électrique, comme cela se pratiquait à bord. Balancés par les faibles mouvements du bateau, ils ne tardèrent pas à se rendormir.

Ce fut la Guille, le cuistot de service, qui s'éveilla le premier. Sa montre marquait huit heures. Les moteurs ronronnaient doucement, mais la lampe restait parfaitement immobile au bout de son fil, comme si le chalutier était à quai, dans un port. Le vieux Peder avait quitté la cambuse. La Guille réveilla ses camarades :

«Regardez la lampe! Le bateau ne bouge plus.»

Tous trois enfilèrent en hâte leurs anoraks et gagnèrent le pont.

« Ça y est ! s'écria le Tondu, le brouillard ! Pas un souffle de vent, une mer d'huile ! Le bateau avance mais lentement. »

Suivis de Kafi, tout surpris de ne rien voir autour de lui, ils grimpèrent au poste de pilotage. Tidou se pencha sur le cadran du radar. L'aiguille, sans cesse en mouvement, découvrait à chaque passage un point lumineux plus net que la veille.

« C'est le *Roedberg*, dit le vieux Holthe. Il n'est qu'à deux ou trois milles de nous. Pourvu que le brouillard ne se lève pas ! »

Le Spitzberg était également visible sur l'écran, dessinant, dans le sillage de l'aiguille, de longues traînées lumineuses. A la barre, Harald paraissait tendu. Il n'échangeait avec son beau-père que de rares paroles. Peder traduisait :

« Harald pense que, d'après la route suivie par le *Roedberg*, ce rafiot mouillera dans la baie des Anges, probablement à un endroit où subsistent des baraquements autrefois habités par des mineurs russes. Harald connaît cette baie. Il propose d'accoster au-delà des cabanes pour s'en rapprocher, ensuite, à pied. »

Les Compagnons sentirent leur cœur se serrer. Noyés dans ce brouillard, dans ce froid, ils se sentaient perdus. De chaque côté du bateau flottaient des plaques de glace détachées de la banquise, et qui dérivaient vers le sud à la faveur de l'été... si on pouvait parler d'été ! Soudain, un choc violent ébranla le *Karsley*. Le Tondu vacilla.

« Ce n'est rien, dit le vieux Peder, un tout petit iceberg détaché d'un glacier, invisible au radar. »

Ils étaient encore dans la cabine quand Harald appuya brusquement sur le levier de commande des moteurs. Sans mot dire, il tendit le doigt vers la gauche. A un quart de mille se découpait vaguement à travers la brume la silhouette du *Roedberg*, qui semblait plaqué contre une paroi de hauts rochers. Harald marmonna quelques mots que son beau-père traduisit :

« Comme mon gendre s'y attendait, le bateau a stoppé le plus près possible des baraquements. Nous allons débarquer plus loin, vers le fond de la baie. »

Le moteur tournant au ralenti pour ne pas donner l'éveil, le *Karsley* poursuivit sa route et Harald choisit une crique encore à moitié gelée où l'on pourrait accoster. La manœuvre était délicate. La quille ne devait pas heurter les fonds marins. Le pilote parvint à approcher très lentement son bateau de la rive couverte de lichens. Il coupa le moteur et jeta l'ancre, aidé de Tidou et du Tondu qui s'employaient à dérouler le câble. Le chalutier était tout de même encore à quelques mètres de la rive. Les trois Compagnons fabriquèrent à la hâte une passerelle au moyen de quelques planches. Mais au moment où ils voulurent franchir ce pont improvisé, Harald les écarta en bougonnant.

« Il préfère l'essayer d'abord lui-même, dit le vieux Peder. Laissez-le faire. »

Hélas ! Juste au moment où Harald allait toucher terre, une des planches, mal calée, se retourna, le projetant sur les rochers. Le marin retint un cri. Les Compagnons se précipitèrent. Harald était mal tombé et n'arrivait pas à se relever. Les jeunes gens le soulevèrent et l'aidèrent à dégager une de ses jambes coincée dans une anfractuosité du rocher. Il poussa, cette fois, un vrai cri de douleur.

« Doucement, doucement », fit le vieux Peder qui s'était risqué à franchir la passerelle branlante.

Peder s'y connaissait. Il déclara sans hésiter :

« Une fracture du tibia. Il faut d'abord immobiliser sa jambe, pour éviter toute déchirure qui aggraverait le mal. Ensuite, nous pourrons le descendre dans la cambuse. Allez me chercher des bouts de bois, des planchettes, n'importe quoi pourvu que ce soit rigide. »

Tidou dénicha ce qu'il fallait et sur le bateau trouva sans peine une pelote de ficelle. Le vieux Peder fixa des attelles sur le membre brisé. Il restait à transporter le blessé à bord, opération difficile vu le poids de Harald qui était un solide gaillard. Tidou n'hésita pas à descendre dans l'eau glacée qui paralysa littéralement ses cuisses. Enfin, quatre paires de bras vigoureux s'employèrent à transporter le blessé jusqu'à sa couchette. Harald souffrait, c'était visible, mais on le sentait surtout furieux d'être obligé d'abandonner la partie qui se jouait contre Knut. Le visage contracté, il lança quelques paroles heurtées à l'intention de son beau-père.

« Que vient-il de dire ? demanda le Tondu au vieux Peder.

— Le malheureux enrage plus qu'il ne

souffre. Nous avons perdu, inutile de poursuivre. A la barre et demi-tour!»

Les trois Compagnons se regardèrent. Avoir entrepris une telle expédition pour rien alors qu'ils étaient si près de découvrir la solution de l'énigme!

«Non, dit Tidou. Si votre gendre ne souffre pas trop, nous pourrions peut-être tenter une brève reconnaissance des lieux.

— Seuls?

— Nous nous fierons à Kafi. Il a été dressé en chien policier.»

Le vieux marin hocha la tête. Cet échec lui coûtait aussi.

«C'est bien, dit-il, mais au moindre danger, il faudra revenir et vite!»

S'engageant précautionneusement sur la passerelle, les trois garçons, suivis de Kafi, gagnèrent la terre. Un brouillard à couper au couteau, si dense, qu'ils ne voyaient rien à dix mètres devant eux, les enveloppa aussitôt.

«Suivons la côte, suggéra la Guille. Puisque les baraquements sont au bord de l'eau nous ne risquons pas de les manquer.»

Tidou, qui tenait Kafi en laisse, ouvrit la marche : les autres suivaient en file indienne. Le *Karsley* progressivement s'évanouit dans la brume. Un air humide, glacé, pénétrait leurs vêtements... et dire que c'était l'été!

Par prudence, ils marchaient lentement et Tidou s'arrêtait parfois pour étudier les réactions de son chien. Toujours pas la moindre baraque en vue. Sans doute ne les apercevraient-ils que lorsqu'ils auraient le nez dessus.

Les jeunes gens avaient parcouru près d'un kilomètre quand un grondement les fit tressaillir.

« Quelle guigne ! grommela le Tondu. Entendez-vous ce bruit de moteur ?... Nous avons trop tardé ! Le *Roedberg* s'apprête à repartir. »

Le chalutier était-il venu chercher quelque chose ? Ou débarquer quelqu'un au contraire ? « Bec d'aigle » et « Galoche » par exemple, ou l'un des deux seulement ?

« Il faut en avoir le cœur net », dit le Tondu.

Nos héros reprirent donc leur marche tâtonnante. Kafi, toujours en tête, se tenait prêt à donner l'alerte au moindre signe suspect. Mais l'animal restait impassible. Comme ses maîtres, il ne percevait que le « tap-tap » faiblissant du chalutier qui s'éloignait dans la brume. Soudain, à cinq ou six mètres d'eux, surgit un bâtiment de bois dont la peinture écaillée avait dû être rongée par les intempéries. Kafi, sur le qui-vive, releva la tête et dressa l'oreille pour mieux écouter. Puis il regarda son maître comme s'il voulait lui dire :

« Ça va, Tidou, on peut y aller sans crainte. »

Les trois Compagnons avisèrent alors une porte à double épaisseur de bois, destinée jadis à mieux conserver la chaleur et qui, aujourd'hui, bâillait dans l'air glacial. La serrure ne devait plus fonctionner. Comme Kafi ne manifestait aucune inquiétude, Tidou se glissa sans bruit à l'intérieur de la cabane. La pièce était éclairée par deux fenêtres munies de doubles vitres. Autour d'un gigantesque poêle à charbon qui avait dû, autrefois, aider les mineurs à lutter contre le froid, une vingtaine de couchettes exhibaient leurs vieilles paillasses défoncées et pourries.

Tidou tira de sa poche un des gants de cuir fourré qu'il avait trouvés dans la grotte, et le fit flairer à Kafi. L'animal reconnut tout de suite l'odeur. Il tourna plusieurs fois autour de la pièce, se hissant même à la hauteur des bat-flanc, puis rejoignit son maître en secouant la tête.

« Pour moi, fit la Guille, il ne s'est rien passé ici. Mais la mine employait plus d'une vingtaine de mineurs ; il doit y avoir d'autres baraquements. »

Les Compagnons découvrirent, en effet, quelques mètres plus loin, une deuxième cabane construite dans le même alignement. Ces habitations avaient été édifiées au pied d'une crête rocheuse qui les abritait du vent d'ouest. Sous le poids des neiges hivernales, le toit de zinc de la deuxième cabane s'était effondré en deux endroits. Des oiseaux de mer avaient fait leurs nids à l'intérieur, et une épaisse couche de fiente séchée recouvrait le sol.

« Ne perdons pas de temps, dit le Tondu ; il faut poursuivre nos recherches. »

Un troisième baraquement apparut orienté comme les deux premiers. En s'approchant, les Compagnons remarquèrent tout de suite que la porte, si elle n'était pas fermée, comportait, comme son chambranle, deux anneaux rouillés qui pouvaient faire office de fermeture, si on les reliait à l'aide d'une chaîne et d'un cadenas. Prudent, Tidou interrogea son chien du regard.

Il en déduisit que l'on pouvait entrer sans crainte. Cette baraque, avec son gros poêle central, ressemblait en tout point à la première.

Des relents de poisson et d'engrais se mêlaient à l'odeur de moisi, de rance, qui imprégnait la pièce. Nos trois camarades en furent tout de suite frappés et ils en conclurent aussitôt que l'on avait entreposé là tout récemment «quelque chose»... Un long silence suivit cette découverte. Les jeunes gens inspectaient maintenant chaque recoin de la grande pièce.

Ils avaient acquis la certitude que Knut et ses hommes étaient venus ici même pour se livrer à leurs activités clandestines. Les segments inégaux de ficelle qui jonchaient le sol confirmaient leur soupçon.

«Ces bouts de corde ont servi à faire des ballots, à nouer des sacs», dit le Tondu, exprimant à voix haute ce que chacun pensait tout bas.

La Guille, lui, découvrit un mégot tout neuf. Il le ramassa, l'examina : le papier ne portait aucune marque de tabac. Tidou sortit alors le gant de cuir. Après l'avoir flairé en s'agitant, Kafi erra d'un bout à l'autre de la pièce. Pourtant, à aucun moment, il ne marqua d'arrêt.

«Donc, conclut le Tondu, s'ils étaient à bord du bateau, nos deux hommes n'en sont pas descendus... ou alors, seulement celui qui n'est pas le propriétaire du gant.

— Peu importe, fit Tidou. Retournons au *Karsley*. Le vieux Peder peut très bien tenir la barre et diriger le chalutier. Il faut prendre le *Roedberg* de vitesse et regagner Tromsoe avant lui, c'est notre seule chance!...»

Chapitre 8

Le *Roedberg* a disparu !

Le blessé reposait sur sa couchette, furieux de ce stupide accident qui le rendait tout à fait inefficace. Tandis que son gendre imaginait pour la centième fois comment il s'y serait pris pour dépister Knut et ses deux compères, le vieux Peder, au gouvernail, s'évertuait à fouiller de son regard bleu la purée de pois toujours aussi opaque.

Heureusement, il pouvait compter sur les trois garçons car, dans cette baie des Anges, qui n'avait rien de commun avec l'anse française du même nom[1], le danger était constant. Il fallait naviguer au juger, à vitesse réduite, jusqu'à la pleine mer. Et maintenant, le vieux Holthe

1. La baie des Anges au fond de laquelle se trouve la ville de Nice.

maudissait ce brouillard qu'il avait tant souhaité la veille.

Enfin, le bras de mer s'élargit. Le marin consulta ses cartes et mit le cap droit sud en disant pour rassurer les Compagnons :

« A présent, en avant, toute!... »

Mais où était le *Roedberg*? Il avait quitté la baie des Anges plus d'une heure avant le *Karsley*. Penché sur le radar, Tidou n'en distinguait pas encore la trace. Avait-il pris une telle avance?

« Il a peut-être mis le cap à l'ouest, dit le Tondu.

— Non, répondit le vieux marin, vers l'ouest, un navire risquerait de se heurter à la banquise.

— Alors, accélérons encore! »

Le vieux marin hésita. Il ne voulait ni forcer le moteur ni naviguer au radar qu'il connaissait mal et qui n'existait pas dans son jeune temps; il ne se fiait qu'à demi à cet instrument. Il ne cessait de penser aux icebergs qui risquaient, à tout moment, de surgir devant le bateau.

Soudain, Tidou repéra un petit point sur l'écran, juste devant le *Karsley*. A coup sûr, c'était le *Roedberg*!

Les trois camarades scrutèrent l'horizon de tous leurs yeux pour essayer de l'apercevoir à travers le brouillard qui commençait à se dissiper. Non, il était encore trop loin.

Ils surveillaient toujours l'horizon quand le vieux Peder se mit à vaciller contre le gouvernail. Il tombait de sommeil.

« Je vais vous remplacer, proposa Tidou. Descendez vous reposer dans la cambuse. Indiquez-moi seulement les manœuvres à effectuer.

— Tu n'as qu'à laisser l'aiguille du gouvernail à zéro... mais garde tes camarades auprès de toi, pour plus de sécurité.»

Responsable du bateau!... Tidou éprouvait une étrange impression de puissance. La brume se diluait, semblant s'évaporer sous le ciel bas. Le jeune homme, soudain, fut tenté de pousser à fond le levier des vitesses.

«Non! s'écria le Tondu. Imagine que nous tombions en panne. De toute façon, nous sommes en train de rattraper le *Roedberg*. Nous arriverons avant lui à Tromsoe.»

Hélas! Le sort avait décidé de les contrarier. Quatre ou cinq milles seulement les séparaient du bateau pirate quand, brusquement, des flocons blancs se plaquèrent contre les vitres de la cabine. Etait-ce une simple giboulée ou cette chute risquait-elle de durer longtemps?... La neige, comme un rideau compact, finit par former un écran qui rendit le radar inutilisable. Le Tondu descendit dans la cambuse demander ce qu'ils devaient faire. Le vieux Holthe dormait à poings fermés mais Harald, lui, tenu éveillé par la douleur, s'inquiétait.

«Neige!... Neige!...» dit vivement le Tondu.

Et il reprit en anglais cette fois :

«*Snow!... Snow!...*»

Harald prit un air soucieux, il avait compris. Espérant rejoindre la cabine de pilotage, il fit un mouvement pour se lever mais l'effort lui arracha un gémissement de douleur. Alors, il réveilla son beau-père qui se dressa, hagard, en disant :

« *Quoi ?*... Que se passe-t-il ?... Un iceberg ?

— Non, il neige! répondit le Tondu. Le radar est complètement brouillé. Que faut-il faire ? »

Le vieil homme questionna son gendre qui lui donna ses instructions. Il remonta dans la cabine, saisit à la hâte un levier de commande et le tira en arrière.

« Ordre de Harald, dit-il, il faut réduire la vitesse. Je reste au poste. Allez vous reposer, j'aurai peut-être besoin de vous plus tard ! »

Les trois camarades regagnèrent la cambuse suivis de Kafi, qui ne comprenait rien à ces allées et venues. Ils avaient de nouveau faim... Harald aussi. La Guille s'activa devant le petit réchaud et une bonne odeur de poisson grillé se répandit à l'entour.

Tout en mangeant, Tidou, la Guille et le Tondu maudissaient cette neige qui obligeait le chalutier à ralentir. Le *Roedberg*, lui, prendrait sans doute tous les risques, surtout s'il se sentait poursuivi.

C'est ce qui se produisit en effet : deux heures plus tard, lorsque la neige eut cessé de tomber, et que le radar se remit en marche, le point lumineux avait disparu de l'écran. Plus de *Roedberg* ! Le Tondu en pétrissait son bonnet de fourrure, comme il faisait naguère de son béret, dans ses moments de fureur.

« La poisse !... La poisse !... Elle nous poursuivra donc jusqu'au bout ! »

Par bonheur, le vieux Peder décida de jouer le tout pour le tout. Il poussa le moteur au maximum, estimant la vitesse du chalutier à vingt nœuds, ce qui était considérable. Hélas! Le radar ne signalait toujours pas de *Roedberg*. Dans cette tempête de neige, il pouvait avoir heurté un iceberg, coulé à pic même... mais alors, cet iceberg aurait dû apparaître sur l'écran... Le bateau pirate avait peut-être changé de route et mis le cap sur un autre port que Tromsoe. Il existait tant de petits fjords dans cette partie septentrionale de la Norvège!

«Pour moi, dit le vieux Peder, sans plus d'espoir, il est déjà là-bas, à quai, en train de décharger tranquillement ses marchandises. Et je ne vois pas comment nous pourrions aller plus vite!»

Ils approchaient du continent. Le radar indiquait des montagnes à bâbord. La côte, déjà, se profilait à travers leurs jumelles. Il était six heures du soir quand le *Karsley,* après des manœuvres délicates, accosta. Le plus urgent, bien sûr, était de faire transporter Harald à l'hôpital. La Guille, qui savait où il se trouvait, se chargea de courir jusque-là. Pendant ce temps, tandis que le vieux Peder restait dans la cambuse avec son gendre, Tidou et le Tondu arpentèrent les quais du premier au dernier môle. Pas trace du *Roedberg*. A coup sûr, il avait mouillé dans un autre «sund», même peu profond, son faible tirant d'eau le lui permettait.

Quand Tidou et le Tondu revinrent près du *Karsley*, quatre hommes débarquaient Harald sur un brancard qu'ils glissèrent dans une ambulance.

Le vieux marin regarda s'éloigner la voiture, marquée d'une croix rouge, avec des larmes

KARSLEY

dans les yeux, puis, se retournant vers les Compagnons :

« Alors ?

— Rien, monsieur Holthe. Nous avons suivi les quais d'un bout à l'autre. Pas de *Roedberg* ! »

Le vieil homme serra les poings et murmura :

« C'est bien ce que je craignais. Le rafiot nous a faussé compagnie. Pour moi, il était en contact radio avec la terre et a changé de direction. Rentrons à la maison. »

En d'autres circonstances, M. Holthe aurait pu faire le chemin à pied mais, la fatigue de deux jours et demi presque sans sommeil, l'inquiétude et la déception lui coupaient les jambes. Il demanda au Tondu d'appeler un taxi. Dix minutes plus tard, ils arrivaient devant la maison peinte en rouge brique. En entendant l'auto s'arrêter devant sa porte, Mme Torril mit le nez dehors et, n'apercevant pas son mari, demanda vivement :

« Harald ?... Harald ?

— Un petit accident, expliqua son père en norvégien, une fracture de la jambe, pas très grave, mais qui va l'immobiliser plusieurs semaines. Ah ! Quelle malchance ! »

Mady, Gnafron et Bistèque apparurent eux aussi car, en dehors des heures de repas et de sommeil, ils passaient le plus clair de leur temps à surveiller la route. Lorsqu'ils apprirent les mésaventures de l'expédition, la fracture d'Harald, la visite peu fructueuse dans les baraquements vides, et enfin la disparition du *Roedberg*, leurs visages se rembrunirent.

« Pourtant, fit Mady, cette fois, nous avons la

certitude qu'il s'agit bien d'un trafic clandestin. Figurez-vous qu'après votre départ Mme Torril a reçu un coup de téléphone anonyme, qu'elle nous a traduit tant bien que mal, en anglais.

— Un coup de fil... d'un inconnu ?

— Vous étiez en mer depuis deux heures à peine. L'homme a dit à peu près ceci : "Dites à vos jeunes pensionnaires de se tenir tranquilles, sinon il pourrait leur en coûter cher."

Et se tournant vers Peder Holthe, Mady ajouta :

« Mme Torril peut vous répéter leurs paroles, mot pour mot. »

Mme Torril énonça le message en norvégien en articulant soigneusement chaque syllabe. Le vieux Peder hocha la tête en caressant son menton, hirsute, cette fois. Pendant ce voyage mouvementé, il n'avait guère eu le temps de faire sa toilette.

« Oui, dit-il aux Compagnons, vous avez bien saisi le sens de la menace. Elle confirme que vous ne vous êtes pas trompés, jeunes gens, sur les activités plus que suspectes de cette bande. L'un de nos deux individus n'avait sûrement pas embarqué à bord du *Roedberg.*

— Ni l'un ni l'autre, précisa Bistèque. Hier matin, vers quatre heures, j'étais de garde à la fenêtre quand j'ai vu passer la camionnette grise. Deux hommes étaient à bord. Je n'ai pas eu le temps de bien les reconnaître, mais je suis sûr que c'était eux.

— Comment ? fit Tidou, ils sont remontés sur le plateau pendant que le *Roedberg* naviguait vers le Spitzberg ?

— Et ils n'en sont pas redescendus, ni dans l'après-midi ni plus tard. Nous avons fait le guet sans interruption.

— Au risque de les rencontrer, poursuivit Gnafron, Bistèque et moi, ce matin, avons demandé à Mme Torril de nous préparer un solide casse-croûte et nous sommes allés visiter la grotte. Elle était vide! Ni sacs d'engrais ni sacs de plastique. Les deux hommes ont tout déménagé.

— Sans repasser par ici?

— Non, assura Mady. Pendant l'absence de Bistèque et de Gnafron, je n'ai pas quitté la fenêtre... D'ailleurs, si les deux hommes étaient redescendus par le même chemin, nos camarades les auraient croisés!»

Cette fois, la déception était totale. Non seulement le *Karsley* avait navigué deux jours et demi pour rien dans les eaux arctiques, mais, pendant ce temps, les deux compères avaient trouvé une nouvelle cachette.

Le vieux Holthe resta perplexe.

«Ah! si j'avais mes jambes d'autrefois, bougonna-t-il, furieux. Je me rendrais tout de suite sur le plateau pour me rendre compte de ce qui s'y passe...

— Ne vous tracassez pas, monsieur Holthe, répondit Tidou, la partie n'est pas perdue. Si les deux hommes ont lancé une menace par téléphone, c'est qu'ils se sentent traqués. Il est trop tard pour partir ce soir. Vers minuit ou une heure du matin, il ferait trop froid là-haut, mais demain matin...

— Que comptez-vous faire?

— Ce que vous feriez vous-même : explorer la montagne, essayer de savoir ce qui s'y prépare. Nous sommes de nouveau six, sans compter Kafi. Ces menaces ne nous inquiètent pas... »

Chapitre 9

Une tache sur la neige

Les Six compagnons ne pouvaient plus désormais compter que sur eux-mêmes. La famille Kneer ne participait pas aux événements, le vieux Peder était gêné par ses difficultés à marcher et Harald, blessé, resterait immobilisé pendant plusieurs semaines.

Ce soir-là, comme Mme Torril était partie voir son mari à l'hôpital, Bistèque se fit un plaisir de confectionner un copieux repas. Après le souper, Tidou entraîna ses camarades dans la chambre de Mady où ils firent leurs plans pour la journée du lendemain.

« Notre seule chance est d'agir très vite, commença-t-il. Partons demain dès l'aube. Pour moi, comme l'a dit M. Holthe, Knut et ses matelots sont restés en contact permanent avec nos deux hommes. Ont-ils déjà convenu d'un rendez-vous ? Ce n'est pas certain. De plus la camionnette, avec ses quatre roues motrices, peut rouler en mauvais terrain, mais pas n'importe où. Nos lascars ont sans doute rencontré certaines difficultés en déplaçant les sacs d'engrais... Quant au *Roedberg*, malgré son faible tirant d'eau, il ne peut accoster dans n'importe quel “sund”. On peut donc espérer que les trois hommes n'ont pas eu le temps d'effectuer la moindre liaison.

— Mais, Tidou, qu'est-ce qui te fait croire. demanda Gnafron, qu'ils ont l'intention de charger ou de décharger une camelote quelconque ?

— Tout. Knut et ses hommes ont embarqué les sacs et les ballots entreposés dans la cabane de la baie des Anges au Spitzberg. A coup sûr, cette camelote, comme tu dis, bien que cela n'ait sans doute rien à voir avec de la pacotille, sera chargée à bord de la camionnette. Alors nos deux compères pourront repartir sur le *Hornelen* en convoyant, ni vu ni connu, leur marchandise.

— Voyons, Tidou, demanda Mady à son tour, tu n'as pas la moindre idée de ce que renferment ces sacs ? Il paraît qu'on ne trouve que du charbon au Spitzberg. »

Tidou hésita à répondre. Il se contenta de hocher la tête. Avait-il une idée ? Ses camarades qui le connaissaient comprirent qu'il n'était pas sûr de lui et préférait se taire. Personne n'essaya de lui arracher son secret.

« Donc, reprit-il, lever à quatre heures. Vous feriez bien, la Guille, Bistèque et le Tondu, de demander aux Kneer de vous prêter un réveil. Arrangez-vous pour qu'ils comprennent. Vos hôtes croiront sans doute que vous partez en randonnée, comme cela semble être, ici, la coutume. Choisissez vos vêtements les plus chauds.

— Quel dommage que nous n'ayons pu emporter le magnétophone et nos walkies-talkies. Nos bagages étaient déjà trop lourds.

— Mais nous avons nos sifflets à ultrasons pour le chien. Emportez du papier et un crayon. Kafi pourrait transporter nos messages si nous devions nous séparer. A demain, donc, et rendez-vous au même endroit que l'autre jour. »

Il était déjà dix heures. Le crépuscule durerait toute la nuit. La Guille, le Tondu et Bistèque quittèrent la maison des Torril pour rejoindre leurs hôtes, tandis que Gnafron et Tidou regagnaient leur chambre, après avoir souhaité de beaux rêves à Mady.

Le jeudi 7 juillet, à quatre heures, tous trois étaient debout... Peder Holthe aussi qui tenait à assister au départ. Il maudissait ses vieilles jambes qui ne lui permettaient plus d'arpenter la montagne comme jadis.

« Surtout soyez prudents, recommanda-t-il. Vous savez que je suis responsable de vous.

— Ne craignez rien, monsieur Holthe, répondit Gnafron, avec un chien comme Kafi, nous ne redoutons personne. »

A quatre heures et demie, les deux équipes se retrouvèrent sur la petite route sinueuse, à mi-chemin entre la maison des Kneer et celle des Torril. Les Six compagnons portaient de gros bas de laine, leurs bonnets à oreillettes, sans parler des réserves de chandails qui gonflaient leurs sacs à dos. Le ciel était couvert mais les nuages s'amoncelaient à une hauteur rassurante. Il faisait très doux, sept à huit degrés d'après les estimations du Tondu.

Au départ du chemin, les traces de la camionnette avaient déjà disparu. Mousses, lichens et herbes courtes s'étaient redressés. Très excités, les six camarades partirent d'un bon pied derrière Kafi qui, doué d'une mémoire extraordinaire des lieux, retrouvait la piste suivie trois jours plus tôt. En moins de trois heures, sans prendre le temps de s'arrêter pour casser la croûte, nos détectives improvisés atteignaient l'entrée de la fameuse grotte. Effectivement, tout avait été déménagé : plus d'engrais, plus de sacs, seules de petites traînées grises, qui avaient dû filtrer à travers le jute, apparaissaient çà et là. Où avait-on bien pu transporter l'engrais ?... sûrement pas à Tromsoe puisque la camionnette n'était pas redescendue.

Les Six compagnons repérèrent, quatre cents mètres plus haut, sur le lieu du premier déchargement... et vraisemblablement du rechargement, de nouvelles traces de poudre disséminées sur le sol ! Tidou sortit alors le gant fourré, soigneusement enveloppé dans du papier d'aluminium pour mieux conserver l'odeur de son propriétaire. Kafi tourna sur place puis il obliqua vers la droite comme si la voiture avait traversé le plateau dans sa partie la plus tourmentée.

« Suivons-le ! » ordonna Tidou.

Ses maîtres marchèrent ainsi près d'une

heure sur un terrain ingrat où quelques rennes, en liberté, broutaient avec avidité l'herbe rare et les mousses.

« Arrêtons-nous, proposa la Guille. Je ne tiens plus sur mes jambes et j'ai un creux terrible à l'estomac. »

Une halte fut décidée. Tidou en profita pour faire le point sur la carte du district de Tromsoe.

« Voici où nous sommes. Nous filons dans cette direction. C'est-à-dire vers un fjord... mais il est encore diablement loin. Tant pis, continuons ! »

Réconfortés, les six camarades se mirent en route. Ils avaient parcouru cinq cents mètres quand Kafi s'arrêta net et se remit à tourner en rond. Que s'était-il passé à cet endroit particulièrement chaotique ?

« Une panne ! Ils ont eu une panne ! s'écria Bistèque. Regardez ce que Kafi vient de trouver ! »

Kafi tenait, en effet, entre ses crocs une clef anglaise, qu'il venait de ramasser.

« C'est vrai, approuva le "petit" Gnafron dont les yeux fouineurs venaient de découvrir un boulon et un morceau de durite. Et regardez, sur la roche nue, ces traces d'huile... Voilà où stationnait la camionnette.

— Eh bien, cette panne, elle nous avance à quoi ? bougonna la Guille.

— Elle ne nous avance pas à grand-chose ! répliqua Mady. Mais elle aura au moins retardé nos deux hommes... Continuons... »

Décidément, Mady était enragée. Ce fut elle

qui commanda à Kafi de poursuivre la piste. L'intelligent animal s'exécuta, suivant scrupuleusement les quelques poussières d'engrais qui jalonnaient le plateau. L'équipe marchait depuis une demi-heure quand le Tondu s'arrêta et se tourna vivement vers Tidou :

« Vite! Passe-moi les jumelles! »

L'œil aussitôt rivé à l'oculaire, il s'agita en poussant une exclamation :

« Là-bas!... Juste devant nous... un point sombre sur une tache de neige. Regarde! »

Tidou prit les jumelles qui passèrent ensuite de main en main. D'après Mady, le point sombre n'était qu'un bloc de rochers perçant la couche de neige, pour Bistèque un troupeau de rennes serrés les uns contre les autres. Gnafron, lui, pensait à une hutte de Lapons.

« Non, répondit le Tondu, j'en donne ma boule de billard à trancher, c'est notre camionnette. Attendez, je vais grimper sur le monticule qui est devant, à gauche. De là, je verrai mieux. »

Et il partit à grandes foulées sur ses jambes de cigogne. Il avait emporté les jumelles et, lorsqu'il eut atteint son observatoire, il s'arrêta pour observer de nouveau le point sombre. Il fit alors de grands gestes pour inviter les autres à le rejoindre.

« Je ne m'étais pas trompé, fit-il, fier de lui. D'ici on voit parfaitement la voiture... Elle est retombée en panne. »

Cette fois, ils furent tous convaincus que le Tondu avait vu juste. C'était bel et bien la camionnette, immobile, au milieu d'une plaque de neige. Les deux hommes essayaient-ils de la réparer ? Etaient-ils partis chercher des pièces de rechange ?

« Ils ne sont pas à Tromsoe, en tout cas, dit Bistèque, nous les aurions rencontrés. Tidou, jette un coup d'œil sur ta carte. Y aurait-il un village près d'ici ?

— Non, aucun.

— Nos deux hommes ont sans doute gagné Tromsoe par un chemin détourné. De toute façon, à six et protégés par Kafi, nous ne craignons rien. Approchons-nous !

— Il vaut mieux se séparer, dit Gnafron. Je pars en avant avec Kafi. Ils me remarqueront moins facilement que vous, à cause de ma petite taille. Prête-moi seulement Kafi, Tidou. Il me donnera l'alerte s'il entend quelque chose dans la bagnole. »

Sans même attendre une approbation, il claqua des lèvres pour inviter Kafi à le suivre et fila en courant. Vaguement inquiet, car il se méfiait des initiatives inconsidérées du « petit » Gnafron toujours prêt à foncer, Tidou eut envie de le rappeler.

« Bah ! fit Bistèque, laisse-le faire. De toute façon tu ne l'aurais pas retenu. Quand quelque chose lui trotte dans la caboche !... »

Malgré sa terrible envie de connaître le secret de la camionnette, Tidou, pris d'un curieux pressentiment, sortit de sa poche le sifflet à ultra-sons avec l'intention d'appeler Kafi, ce qui ramènerait peut-être Gnafron à la prudence.

« Non, fit Mady, presque aussi intrépide, laisse-le s'approcher. »

Et soudain, ce fut le drame. Gnafron n'était plus qu'à deux ou trois cents mètres de la camionnette et Kafi, plus près encore, lorsque deux coups de feu, tirés à quelques secondes d'intervalles, ébranlèrent le silence. Les Compagnons virent Gnafron s'effondrer sur le sol et, plus loin, Kafi bouler à la façon d'un lièvre qui vient de recevoir une volée de plomb. Les quatre garçons et Mady s'arrêtèrent net, pétrifiés.

« Oh ! Gnafron !... Kafi !... » balbutia Mady devenue subitement toute pâle.

Puis ce fut de nouveau le silence, un silence mortel qui dura plusieurs secondes. Les Compagnons retinrent leur souffle jusqu'au moment où la silhouette de Gnafron se redressa. Le jeune homme courait maintenant dans leur direction, comme s'il était poursuivi par une meute de sangliers.

« Kafi ! haletait Gnafron. Kafi ! Je l'ai vu rouler à terre. C'est sur lui qu'ils ont tiré, ces ignobles individus. Je crois qu'ils ne m'ont pas vu, moi, j'étais encore loin. Oh ! Tidou, pardonne-moi. »

Puis, retrouvant sa présence d'esprit :

« Tous à plat ventre, ordonna-t-il. C'est plus prudent. On pourrait nous voir ! »

Le conseil était impératif. Les six camarades se plaquèrent contre le sol, derrière une crête rocheuse qui les dissimulait complètement.

« Kafi !... Mon pauvre Kafi, gémit Tidou. S'il n'était que blessé, il se serait traîné jusqu'ici ! »

Il sortit de nouveau son sifflet à ultra-sons qui ne risquait pas d'être entendu des sinistres individus. Rien ne bougeait. Kafi ne parut pas.

« C'est ma faute, répéta Gnafron. J'aurais dû partir seul. »

Allongés sur le sol, ils ressemblaient tous les six à des cadavres. Les larmes aux yeux, Mady s'approcha de Tidou en rampant et lui posa la main sur l'épaule :

« Mon pauvre Tidou, nous avons presque autant de chagrin que toi. Pourquoi nous sommes-nous lancés dans cette aventure ? Comme je le regrette. A présent, nos vacances sont gâchées. Kafi est mort, nous avons tout perdu... »

Chapitre 10

Une arme diabolique

Ils restèrent un long moment sans bouger, anéantis. Tidou n'avait même plus le courage de prendre une décision. Pourtant, ils ne pouvaient supporter plus longtemps cette terre glacée. Ah! si seulement c'était la nuit, l'obscurité leur permettrait au moins de s'approcher sans danger de l'ennemi et d'aller chercher le corps de Kafi?...

A son tour, le Tondu rampa vers Tidou et lui murmura :

« Veux-tu que je m'avance un peu, pour tâcher de retrouver ton chien? »

Tidou lui serra le bras.

« Non, mon pauvre vieux, c'est trop dangereux. Tu penses bien que j'y serais allé moi-même si je ne craignais pas le pire de la part de ces sales individus... Attendons!

— Attendre quoi ? Il ne se passera plus rien maintenant. »

Un quart d'heure s'écoula encore, dans un silence angoissant. La Guille grelottait, Gnafron claquait des dents. Mady se serrait dans son anorak. Tidou, la tête posée sur ses deux bras repliés, semblait absent. Pleurait-il son chien ?

Bistèque comprit que leur chef de file n'avait plus le cœur à diriger l'équipe.

« Ce sera bien la première fois que nous abandonnons une piste, dit-il, mais on ne va pas rester là indéfiniment. La camionnette risque de ne pas démarrer avant longtemps. Rentrons à Tromsoe et prévenons la police. C'est tout ce que nous pouvons faire.

— Oui, prévenons la police. Nous reviendrons ici avec elle », approuva la Guille.

Mady et le Tondu, eux, secouèrent la tête. Du doigt, Mady désigna le malheureux Tidou, qui n'avait pas bougé. Elle murmura, comme s'il ne pouvait pas l'entendre :

« Il ne nous suivra pas tant qu'il n'aura pas retrouvé son chien... et je le comprends. Redescendez à Tromsoe, si vous voulez, moi, je reste avec lui.

— Nous aussi », renchérirent Gnafron et le Tondu.

Une âpre discussion sépara les Compagnons en deux camps : les partisans du retour à Tromsoe, d'un côté ; de l'autre ceux qui préféraient attendre avec l'espoir que la camionnette serait bientôt réparée. On saurait alors la direction qu'elle prendrait et ce qui était arrivé à Kafi. Les jeunes gens se sentaient fatigués et déçus.

Ils se querellèrent presque, ce qui n'était pas dans leurs habitudes. Bistèque employa même des mots durs à l'égard de Mady :

« C'est toi qui auras voulu la mort de Kafi. Tu le regretteras toute ta vie », déclara-t-il froidement.

Les partisans du retour à Tromsoe chargèrent leurs sacs à dos. Ils étaient sur le point de partir quand, brusquement, ils se plaquèrent de nouveau au sol.

« Une ombre!... Je viens d'apercevoir une ombre courbée en deux, qui vient vers nous, murmura la Guille. Nous sommes repérés! »

Le souffle court, l'oreille aux aguets, les jeunes gens se taisaient. Mais soudain, Tidou se redressa. Il venait de reconnaître une sorte de halètement.

« Kafi! » appela-t-il.

C'était bien lui, la langue pendante d'avoir couru comme un fou. Tidou le serra dans ses bras, ivre de joie, puis tout de suite, chercha à voir où il était blessé. Il tâta d'abord ses pattes. Rien. Sur sa croupe, quelques poils avaient été arrachés, creusant une sorte de sillon dans sa fourrure. Tidou tâta la peau simplement éraflée. La chevrotine ne l'avait pas atteint. En somme, Kafi était indemne. Tidou comprit alors ce qui s'était passé. Entendant des coups de feu, l'intelligent animal avait imité la chute d'une bête touchée à mort, puis il n'avait pas bougé. Enfin, à la faveur des nuages qui jetaient un peu d'ombre sur la campagne, il s'était décidé à fuir à toute allure. Ah! l'astucieux Kafi! Qui aurait pu le croire si rusé?

Les « lâcheurs » ne manifestaient plus aucune hâte à regagner Tromsoe. Sans Kafi pour les guider, ils auraient d'ailleurs beaucoup de mal à y parvenir...

« Excusez-moi, bredouilla Tidou, bouleversé, croyant à peine au miracle. Tout à l'heure, je vous ai entendus discuter. Il faut absolument, en effet, prendre une décision et tout de suite. Nous pouvons soit avertir la police, soit rester ici en surveillant la camionnette. Mais il vaut mieux nous éloigner un peu. Ce rocher, là-bas, conviendrait parfaitement.

— Ne bougeons pas du plateau, conseilla Bistèque. Cette fois, il n'y a pas d'hésitation possible. Ces dangereux individus sont sûrement de mèche avec Knut et ses marins. Si les policiers arrivaient trop tard, c'est un véritable gang que nous aurions laissé échapper.

— Oui, approuva le Tondu. Un gang : les deux équipes travaillent ensemble... reste à savoir à quelle sale besogne... »

Il était près de midi. Par chance, des nuages épais continuaient de masquer le soleil. Les Compagnons profitèrent de ce demi-jour pour ramper vers l'éperon rocheux. Ils découvrirent, de plus, une faille qui leur permettait d'observer tout à loisir la camionnette, sans être vus.

Mais le... ou les gangsters qui avaient tiré étaient-ils encore près de la voiture ? Si oui, qu'attendaient-ils ?...

« Pour moi, fit Mady, l'un de ces sales types surveille la voiture sur le plateau. L'autre est, sans doute, parti chercher de l'aide. »

Derrière ce rempart de roches, véritable bouclier naturel, ils se sentaient protégés... mais glacés. La Guille, saisi d'une nouvelle fringale, annonça qu'il ne dédaignerait pas un second pique-nique.

« Bon, approuva Tidou, mais à condition que chacun se repose un peu à tour de rôle. »

Plus que le poisson séché, le café chaud, contenu dans les deux bouteilles Thermos, les remit d'aplomb. Bistèque remballait les restes dans son sac à dos, quand le Tondu, jumelles en mains, donna l'alerte :

« Attention ! Ça bouge, là-bas !

— Quoi ? La camionnette ?

— Non, les deux types. Ils viennent d'en descendre... Ils ont l'air d'examiner les roues.

— Passe-moi les jumelles, dit vivement Mady, j'ai de bons yeux. Je reconnaîtrai peut-être nos deux compères du *Hornelen.* »

Elle se posta devant la faille en forme de créneau et déclara :

« Quels idiots nous sommes ! Nous aurions dû tout de suite comprendre. Vous n'avez pas vu que la camionnette penche sérieusement sur la droite ?... Ils ont dû crever un pneu sur ces rochers pointus... peut-être deux, et ils n'avaient qu'une seule roue de secours... Ils attendent de l'aide. Avec leur poste émetteur-récepteur, ils ont dû lancer un message. Quelqu'un va venir les dépanner.

— Oui, c'est probablement ça, approuva Gnafron.

— Dans ce cas, fit Tidou, devenu prudent, armons-nous de patience. Quand la voiture sera dépannée, on pourra la suivre longtemps des yeux. Sur ce fichu terrain, elle ne filera pas vite. Le *Roedberg* doit être ancré dans un petit fjord où la camionnette tentera de le rejoindre!»

C'était la sagesse même, mais Gnafron ne l'entendait pas de cette oreille. Attendre, voilà qui ne ressemblait guère à l'idée qu'il se faisait de l'action.

«Ma parole, s'écria Tidou, ils ont failli te transformer en passoire et ça ne te suffit pas? Ces hommes sont armés et nous ne pouvons rien contre eux.»

Le Tondu et Mady approuvèrent. Mais, tout à coup, Bistèque crut voir les deux compères s'éloigner sur le plateau. Il s'empara des jumelles et confirma la nouvelle : leurs ennemis s'en allaient. Ils étaient même déjà à une certaine distance.

«Curieux, dit Mady, ils abandonnent leur camionnette?... Ce qu'elle contient n'est donc pas si précieux?... A coup sûr, ils vont chercher les roues de rechange qui tardent à venir.»

Et elle ajouta :

«Ils pensent certainement que Kafi est mort et que nous avons pris la poudre d'escampette. Cette fois, Tidou, on peut prendre le risque de s'approcher. Qu'en penses-tu?»

Encore bouleversé par les dangers auxquels son chien venait à peine d'échapper, Tidou hésita. Mais tous ses amis, y compris Mady, semblaient absolument décidés.

«C'est bon», fit-il, presque à regret, comme si un nouveau pressentiment le tourmentait.

Après s'être assurés que les deux hommes avaient quitté le plateau, ils s'avancèrent en

terrain découvert, vers la camionnette. Ils n'en étaient plus qu'à quelques centaines de mètres quand Kafi, qui jusque-là suivait docilement son maître, leur faussa compagnie. Le chien aussi semblait certain que la voiture était abandonnée. Une vingtaine de mètres l'en séparaient quand, en bon chien policier, il s'arrêta pour écouter. C'est alors qu'un filin jaillit de l'arrière du véhicule. L'extrémité de la corde formait une sorte de nœud coulant. Mady n'eut que le temps de crier :

« Attention, Kafi, un lasso!... »

Trop tard! L'intelligent chien-loup ignorait tout de cette arme diabolique. Lancée avec une extraordinaire habileté, la boucle s'abattit autour de la tête de Kafi et se resserra aussitôt. La pauvre bête poussa un cri atroce en se voyant prise au piège. Elle se débattit mais plus elle cherchait à fuir, plus le nœud l'étranglait. Le chien tomba par terre et, incapable d'opposer la moindre résistance, se laissa traîner jusqu'à la voiture où deux mains le hissèrent à bord, pantelant.

Pour la deuxième fois, les six Compagnons étaient pétrifiés.

« Ne restons pas là, fit Mady, haletante. Ils nous ont peut-être aussi préparé un traquenard. Courons nous mettre à l'abri des rochers. »

Chapitre 11

Un petit trait sur un fjord...

Cette fois, c'était la catastrophe. Protégés par l'éperon rocheux, les Compagnons demeuraient atterrés. Tidou contenait à peine sa tristesse, mêlée de sourde colère. Il tremblait. La fausse alerte du matin l'avait déjà éprouvé. A présent la capture sauvage de Kafi le poussait au désespoir. Leur curiosité les avait encore entraînés dans une aventure qui leur coûtait cher.

« Je vous en veux à tous ; c'est vous qui avez eu l'idée de retourner à la camionnette, dit-il entre les dents. Et toi, Gnafron, tu as tout gâché. J'avais le pressentiment que la voiture était gardée. Tu aurais dû y penser toi aussi ! »

Le reproche était cinglant. Gnafron, qui d'ordinaire trouvait réponse à tout, resta coi. Personne n'osait rien dire. Enfin, après un long silence, Mady s'adressa à Tidou :

« Pour moi, si Kafi a été pris, il ne sera pas tué. L'homme aurait pu s'en débarrasser d'une balle. Il l'a pris au lasso pour le garder prisonnier... en otage en quelque sorte. »

Tidou secoua la tête sceptique :

« Tu essaies de me rassurer. Kafi n'a pas été abattu d'un coup de feu parce que l'homme n'avait pas d'arme sur lui. Cette fois-ci, c'est fini... De toute façon, si cet homme n'exécute pas mon chien, les autres le feront quand ils reviendront.

— Moi, dit la Guille, je me demande qui est cet individu qui manie le lasso avec tant d'adresse : un Lapon peut-être ? J'ai lu quelque part que les Lapons se servaient de cordes pour capturer les rennes. Et puis cet homme n'est peut-être pas méchant.

— Ça suffit ! coupa Tidou agacé. Ne me faites pas prendre des vessies pour des lanternes. Même si Kafi n'est pas encore mort, cela ne saurait tarder ! »

Les jeunes gens se taisaient, consternés. Mais le Tondu, qui surveillait toujours les lieux à la jumelle, leur fit un signe :

« L'homme ! Il est descendu de la voiture... Il vient vers nous avec quelque chose de blanc à la main. On dirait un papier. »

Les Compagnons se regardèrent, affolés. L'individu qui les avait vus, sans doute, se réfugier derrière la barrière rocheuse, cherchait-il à les surprendre ? Tidou arracha les jumelles des mains du Tondu et les braqua sur l'ennemi.

« Oui, il approche sans hâte... Il s'arrête... se penche vers le sol... dépose le papier, met un caillou dessus pour que le vent ne l'emporte pas... Il retourne à la camionnette... Je ne le vois plus.

— Un message! s'écria Gnafron, il nous adresse un message, pour que nous venions le chercher. L'homme nous aura vus fuir, il sait que nous sommes ici... J'y vais.

— Non, Gnafron, dit le Tondu en le retenant par un pan de son anorak. C'est peut-être un piège.

— On verra bien!»

Et d'un geste brusque, il se dégagea. Gnafron contourna les rochers et s'élança sur le plateau. Ses camarades le suivaient des yeux en retenant leur souffle. Le jeune homme se saisit du message, le lut rapidement et rebroussa chemin au pas de course.

«Tiens, dit-il, essoufflé, à Tidou, voilà le mot.»

Hélas! il était rédigé en norvégien. Ce n'était donc ni «Galoche» ni «Bec d'aigle» qui l'avait écrit. Sans aucun doute cette missive devait être un avertissement, une menace, un chantage même. Les jeunes gens se rapprochèrent pour tenter de la déchiffrer. Procédant par recoupements, ils s'aidaient de leurs notions d'anglais et de quelques termes allemands qu'ils avaient appris lors d'une aventure dans le Massif central[1]. Les lycéens ne parvinrent pas à identifier tous les mots, mais ils comprirent le sens général du texte. C'était bel et bien une menace ou plutôt un chantage.

1. Voir *Les Six compagnons au village englouti.*

« Vous voyez, constata Mady, j'avais raison. L'homme garde Kafi en otage. Le mot "freidag" doit signifier "vendredi", il nous rendra donc le chien demain, si nous nous tenons tranquilles. »

Tidou poussa un soupir de soulagement. Son cher Kafi n'était pas sauvé mais, pour l'instant, il vivait. Le jeune homme réfléchit. Un terrible cas de conscience se posait à lui qui aurait fait n'importe quoi pour sauver son chien, mais il craignait de décevoir ses camarades. Enfin, il déclara :

« Le problème est simple. De deux choses l'une : ou bien nous abandonnons cette chasse à l'homme et rejoignons Tromsoe, sans plus parler de cette affaire... ou bien, après avoir déguerpi ouvertement, nous revenons à la charge sans nous montrer et sans rien faire qui puisse nuire à Kafi. Ainsi nous découvrirons le secret de ces gangsters. »

Il y eut un silence. Chacun se sentait responsable de ce chien auquel ils tenaient comme à la prunelle de leurs yeux. Enfin, Gnafron se décida :

« Puisque tu nous laisses le choix, Tidou, moi je n'hésite pas. Je propose le repli général... pour laisser croire à une fuite, mais attention, il faut surveiller le véhicule. Heureusement que tu as emporté tes jumelles ! »

Et se tournant vers les quatre autres :

« Qu'en pensez-vous ? »

La Guille, Bistèque et le Tondu approuvèrent. Seule, Mady hésitait encore. Sa grande sensibilité lui soufflait que Tidou avait fait cette deuxième proposition à contrecœur. Cependant, l'aventure la tentait.

« Bon, dit-elle, je pense que Gnafron a raison. Mais c'est promis, Kafi ne doit courir aucun risque. Il faut que nous retrouvions notre brave chien sain et sauf. »

Leur décision était prise. Ostensiblement, les Six compagnons quittèrent les rochers et s'éloignèrent en gesticulant pour se faire remarquer. Ils parcoururent ainsi près d'un kilomètre. Bistèque, ayant découvert une sorte de creux masqué de plaques de neige, s'écria vivement :

« Fourrons-nous là ! »

Le creux était à peine assez profond pour les dissimuler. Ils pouvaient, de là, néanmoins surveiller la camionnette à la jumelle.

Il était déjà tard dans l'après-midi, le ciel restait couvert. Le soleil, par instants, perçait les nuages et hasardait sur le plateau quelques rayons. Le tondu en profita pour enlever son bonnet de fourrure à rabat qui lui donnait l'air d'un gros ours. La Guille sortit son harmonica.

« Non, mon vieux, dit Bistèque, pas aujourd'hui. Tu vois bien que Tidou n'a pas le cœur à écouter de la musique... C'est bientôt l'heure du dîner, voyons ce qui nous reste dans nos sacs. »

Toutes ces émotions leur coupaient l'appétit. Ils n'avaient rien pris depuis midi. Les Compagnons avaient l'estomac serré mais un peu faim tout de même. Ils eurent une pensée pour Kafi qui, cette fois, ne pouvait rôder autour d'eux en gémissant, ni leur lécher le visage pour réclamer sa part. Ils mangèrent sans échanger un regard. Mady, qui avait fini son casse-croûte, dit seulement :

« Gardons un peu de café pour nous tenir éveillés... Qui sait combien de temps nous allons rester là, il faut tout prévoir. »

Puis ils se mirent à bavarder. Tidou restait silencieux. Il pensait trop à Kafi. Le message lui avait redonné quelque espoir, mais il commençait à douter. Son chien, même solidement attaché, resterait dangereux pour ceux qui se risqueraient à l'approcher. Ces gangsters, sans foi ni loi, se moquaient bien de la vie de Kafi. Pour eux, une seule chose comptait : réussir leur coup.

Les heures se succédaient, interminables, chacun prenait le guet à son tour pour épier la camionnette. Le soleil s'enfonçait sur l'horizon. Il était déjà dix heures et Mady venait de prendre son tour de « quart » pendant que les autres dormaient, quand elle annonça :

« Alerte ! Je vois deux taches, là-bas, très loin... »

Tidou bondit et lui arracha les jumelles. Lui aussi distinguait les deux points sombres qui semblaient se déplacer. Il regardait de tous ses yeux.

Oui, les deux points avançaient avec lenteur sur l'immense plateau, ils se rapprochaient.

« Qui est-ce, Tidou ? insistait Mady.

— "Bec d'aigle" et "Galoche" sans doute, murmura Tidou. Ils marchent courbés en deux, sous le poids de leurs fardeaux. Ce sont deux nouveaux sacs... Non, deux roues, des pneus de secours... Ils approchent de la camionnette... Ils y sont... Le troisième individu vient à leur rencontre.

— Et Kafi?... s'enquit la jeune fille.

— Si tu t'imagines qu'ils vont le détacher! Oh! ça y est! Ils démontent les roues!»

Groupés autour de leur camarade, les Compagnons scrutaient le lointain, l'oreille aux aguets, quand Tidou soudain s'exclama :

«Zut! La neige!...»

Un gros flocon venait en effet de s'écraser sur l'oculaire, un flocon qui, en fondant, brouilla aussitôt la vision. La neige tombait maintenant fine et serrée, tissant un épais rideau entre la camionnette et le guetteur.

«Quel damné pays! bougonna Gnafron... Mais ça ne durera pas. Le temps change d'une minute à l'autre. Ce n'est qu'une giboulée.»

Il neigea durant un quart d'heure, le temps que le sol se couvre d'une mince pellicule. Quand Tidou reprit ses jumelles, la camionnette avait démarré. Elle cahotait, au loin, sur le terrain bosselé, à deux ou trois kilomètres.

«Partons! s'écria le pétulant Gnafron. Partons immédiatement, sinon elle va prendre trop d'avance.

— Pas encore, coupa Mady. S'ils ont des jumelles, ils nous repéreront tout de suite. N'oublie pas Kafi!»

Gnafron protesta :

«Quand la neige aura fondu, finies les traces, finie la poursuite. Il faut nous dépêcher!»

Tidou se taisait. Il scrutait toujours l'horizon. Mais bientôt la voiture disparut définitivement derrière un pli de terrain. Alors, seulement, il leur fit signe de se mettre en route.

Il fallait marcher vite car la neige commençait à fondre en effet. Les Compagnons dépassèrent la plaque blanche où avait stationné la voiture puis suivirent les empreintes fraîches et bien visibles. Ils parcoururent ainsi trois ou quatre kilomètres, éclairés par un soleil parcimonieux qui rasait l'horizon...

Les jeunes gens commençaient à se demander où ils allaient, quand ils atteignirent l'extrémité du plateau. Ils dominaient alors une profonde dépression, au bas de laquelle serpentait un fjord étroit. Tidou saisit vivement ses jumelles et fouilla les bords du fjord. Soudain, il s'exclama :

« Le *Roedberg*!... C'est lui, je reconnais sa silhouette... Vous devez d'ailleurs l'apercevoir à l'œil nu. »

Ils distinguèrent, en effet, un petit trait sombre, collé au flanc de la montagne, sur l'eau immobile et parfaitement lisse.

« J'étais sûr, confirma Tidou, que les deux équipes, celle du bateau et celle de la camionnette, chercheraient à se rejoindre, mais je ne savais ni où ni comment ! »

La camionnette restait invisible. Pour descendre la pente trop raide, elle avait dû zigzaguer.

« Attention, dit Mady, elle pourrait aussi être cachée près de la nouvelle grotte où les sacs d'engrais ont été débarqués. »

Gnafron ne tenait plus en place, il demanda :

« Alors, que faisons-nous ?... On repart ?

— Non, trancha Tidou. Ce serait trop risqué. Laisse-moi réfléchir. »

Il déploya la carte du district pour s'orienter.

« Voilà. Nous sommes ici... et ce petit fjord, distant d'environ quatre ou cinq kilomètres à vol d'oiseau, s'appelle le Kirsenfjord. Nous savons que ces hommes, ces trafiquants clandestins, sont armés. De plus, sans Kafi, nous sommes paralysés. Deux d'entre nous devraient passer prendre le vieux Peder qui servirait d'interprète et aller ensuite à Tromsoe prévenir la police. Je ne vois pas d'autre solution. Qui veut se dévouer ?

— Moi ! fit spontanément Mady... pour sauver Kafi.

— Moi aussi, ajouta la Guille... pour la même raison. »

Tidou eut un sourire reconnaissant.

« Surtout, recommanda-t-il, ne vous égarez pas. Tenez, voici ma carte. Elle vous aidera à vous repérer. Il faut absolument que les policiers puissent faire une perquisition. »

La courageuse Mady et la Guille endossèrent leurs sacs. Tandis qu'ils échangeaient une poignée de main avec leurs camarades, il y eut un silence : les jeunes gens n'ignoraient pas que les heures à venir ne seraient pas de tout repos. Enfin, les deux gônes s'éloignèrent à grands pas dans cette lugubre grisaille d'une nuit d'été polaire...

Chapitre 12

Une chaîne et deux cadenas

Sans la Guille, sans Mady... sans Kafi, les quatre garçons se sentirent tout d'abord déconcertés. Tidou regrettait presque d'avoir envoyé les deux estafettes à Tromsoe. Ce plateau, aride, désert et glacé, s'étendait sur près de quinze kilomètres. Dans le brouillard, les jeunes gens risquaient de s'égarer. Auraient-ils même la force de rejoindre la maison des Torril?...

« Des "si", encore des "si", toujours des "si", bougonna Gnafron. Et pour nous, quels sont les projets?

— Inutile d'espérer suivre la camionnette : je l'ai dit, je tiens avant tout à préserver Kafi. Nous allons nous diriger vers le fjord, et là on se camouflera quelque part en attendant la police. »

Les quatre amis laissèrent sur leur droite les traces de la voiture. La neige ayant presque disparu, elles étaient à peine visibles. Ils dégringolèrent la pente en se servant des creux et des rochers pour se dissimuler. Tidou s'arrêtait souvent pour examiner les alentours et s'assurer que le *Roedberg* n'avait pas bougé.

Peu à peu, ils se rapprochèrent du fjord. A la jumelle, le chalutier apparaissait nettement. Tidou détaillait le bateau de la proue à la poupe, quand il vit un homme en descendre, un homme courbé en deux sous le poids d'un énorme fardeau, qui traversa rapidement la petite route qui longeait le fjord en direction de la montagne.

Les jumelles passèrent de main en main. Oui, un homme, lourdement chargé, commençait à gravir la pente.

« A coup sûr, dit Bistèque, il va rejoindre la camionnette qui doit stationner quelque part, sur notre droite. »

Tidou scrutait la montagne sans rien découvrir. Mais tout à coup, comme il fixait de nouveau le *Roedberg*, le jeune garçon vit un deuxième homme qui venait de traverser la route en hésitant, comme s'il craignait d'être surpris. Il portait, lui aussi, un lourd et volumineux fardeau qui ne contenait probablement pas d'engrais. Ces deux individus... et peut-être d'autres encore transportaient sûrement ce que Knut avait rapporté du Spitzberg. Tidou jeta un coup d'œil sur sa montre : une heure du matin. La Guille et Mady étaient partis à minuit. Ils devaient être encore très loin de Tromsoe.

Auraient-ils le temps de prévenir la police avant que le bateau pirate, une fois la marchandise déchargée, ne prenne le large?

Gnafron bouillait d'impatience, Tidou aussi. Pour lui, il s'agissait, avant tout, de sauver son chien... si ces individus ne l'avaient pas déjà abattu.

N'y tenant plus, Tidou abandonna son premier projet, puis décida brusquement :

« Tant pis, advienne que pourra, il faut obliquer vers la droite et chercher la camionnette. Elle ne doit pas être bien loin. »

Bistèque, le Tondu et Gnafron approuvèrent. Il valait mieux risquer le tout pour le tout.

Courbés en deux, évitant de faire rouler des pierres sous leurs pieds, ils obliquèrent vers la droite. Ils marchaient depuis un quart d'heure à peine quand Gnafron s'arrêta, l'oreille aux aguets :

« J'entends du bruit... des pas qui résonnent, écoutez! »

Les quatre amis se plaquèrent au sol afin d'entendre sans être vus. A peine étaient-ils couchés que surgit, à moins de cinquante mètres, la silhouette de l'un des deux individus lourdement chargé d'un énorme ballot. L'homme les avait-il aperçus? Il s'arrêta, déposa son fardeau. Non, il faisait seulement une pause pour souffler et reprit bientôt son ascension à travers les rochers. Les Compagnons le suivirent à distance puis le perdirent de vue. Ils n'osaient plus, maintenant, progresser que mètre par mètre. Tout à coup, le Tondu, qui marchait à quatre pattes, fit signe à ses camarades de stopper.

« Là-bas !... La camionnette !... » murmura-t-il.

La voiture était garée sur une sorte de méplat. L'homme, toujours chargé arrivait à sa hauteur. Mais au lieu de s'arrêter, il poursuivit son chemin et disparut dans un creux.

« Je crois comprendre, murmura le Tondu, Il va transvaser le contenu des ballots dans des sacs... Ça peut demander du temps, plusieurs heures, même. »

L'individu ne reparaissait pas. Les quatre garçons attendirent. Allongés sur le sol, ils ne distinguaient que la partie supérieure de la camionnette. Contre toute prudence, Tidou se redressa pour la voir en son entier. Il sentit alors battre son cœur à tout rompre.

« Kafi ! »

L'animal était couché sous l'auto, comme s'il dormait. Vivait-il encore ? Le jeune homme prit ses jumelles, mais il faisait sombre sous le véhicule et l'on ne pouvait savoir si le chien était ou non attaché. A la faveur d'un rayon de soleil nocturne, Tidou vit alors une corde qui retenait Kafi à la barre du châssis. Il allait se servir de son sifflet à ultrasons quand Gnafron, par bonheur, le retint.

« Ne fais pas ça ! Si ton chien est vivant, il risque d'aboyer, ces misérables pour le faire taire seraient bien capables de l'abattre, cette fois. »

La mort dans l'âme, Tidou remit son sifflet dans sa poche. Dire que Kafi était si près, à moins de de cents mètres, et qu'il ne pouvait rien pour lui! Il étranglait de rage impuissante.

« Tant pis, dit-il tout à coup, j'y vais! »

Bistèque, le Tondu et Gnafron essayèrent de le raisonner :

« Attends au moins que le soleil se cache, dit le Tondu.

— Et si j'y allais, moi? proposa Gnafron. Je suis plus petit, moins repérable.

— Non, tu as déjà pris trop de risques... » trancha fermement Tidou.

Les minutes passaient. Le soleil, comme par un fait exprès, semblait fuir les nuages. Enfin, au bout d'un moment, il disparut et la demi-obscurité envahit la montagne. C'était le moment ou jamais.

« Vite, le Tondu, passe-moi ton couteau de scout! »

Comment parcourir ces deux cents mètres de terrain à découvert? Tidou avait le choix : ramper patiemment comme un serpent ou se précipiter à toute allure pour rester visible le moins longtemps possible. Si Kafi respirait encore, il se pouvait que, voyant lentement avancer son maître, il aboie de joie à la vue de son sauveur. Tidou opta donc pour la deuxième solution.

Après avoir examiné les lieux, Tidou partit comme une flèche et, avant de se jeter sous la camionnette, il murmura seulement :

« Tais-toi, Kafi, tais-toi! »

Le chien parut comprendre, il ne broncha pas. Etait-il blessé... ou trop épuisé pour manifester quoi que ce soit? Très vite, presque à tâtons, Tidou passa la main dans sa fourrure. L'animal gémit faiblement lorsqu'il lui caressa les flancs. La pauvre bête avait dû être sévèrement battue pour être ainsi prostrée.

« Les sauvages, pensa Tidou. Ils l'auraient sûrement achevé avant de partir. »

De loin à la jumelle, le jeune homme avait cru voir son chien attaché à une corde. En réalité, il s'agissait d'une chaîne qui, fixée au cou de l'animal par un cadenas, était accrochée à l'autre extrémité autour de la barre du châssis. Tidou perdit un instant tout espoir. Puis il se souvint que le couteau du Tondu possédait une petite scie à métaux. S'étant assuré que la camionnette était vide, il entreprit alors de scier un des anneaux de la chaîne pour libérer l'animal. Heureusement, la petite scie n'émettait qu'un bruit à peine perceptible. Le travail, cependant, serait long et pénible, car Tidou, allongé sur le dos, se trouvait dans une position très inconfortable. Malgré le froid, il transpirait déjà à grosses gouttes et ne pouvait se débarrasser de son anorak et de son chandail.

Attelé à l'ouvrage, Tidou avait scié une bonne moitié de l'anneau quand des pas résonnèrent tout près de lui. Il cessa aussitôt sa besogne et murmura :

« Silence, Kafi ! »

Un inconnu montait du fjord, lourdement chargé, comme le précédent. Tidou crut qu'il allait dépasser la camionnette, gagner ce creux où son compagnon avait déjà disparu, mais non, il s'arrêta juste à côté de la voiture et déposa son fardeau. De sa cachette peu sûre, Tidou n'apercevait que ses pieds, chaussés de bottes de marin. Certainement, il s'agissait d'un des hommes de Knut... ou de Knut lui-même. Il distinguait également une partie du ballot et reconnut la grosse ficelle dont les restes jonchaient le sol de la cabane du Spitzberg. L'origine du paquet ne faisait plus de doute. L'odeur douceâtre qu'il dégageait, moins forte que celle de l'engrais, confirmait encore ses certitudes.

L'inconnu restait là, avec à ses pieds sa marchandise, comme s'il ne savait qu'en faire. Enfin, les mains en porte-voix, il lança un appel. Aussitôt, son compère quitta le creux qui l'abritait et courut le rejoindre. Les deux individus échangèrent quelques mots en norvégien. A coup sûr, l'homme qui venait d'arriver n'était autre que « Bec d'aigle ». Tidou le reconnut à sa voix légèrement nasillarde. Combien de temps resteraient-ils là tous deux ?... Allaient-ils s'installer dans la camionnette ?... Vérifier que Kafi était toujours enchaîné sous la voiture ? Non, ils semblaient l'avoir oublié. Les deux hommes s'éloignèrent aussitôt, « Bec d'aigle » harcelant le porteur en norvégien. Tidou put reprendre son travail de patience. Pour bien peu de temps, hélas ! Un troisième homme arrivait. Comme l'autre, il déposa son ballot près de la camionnette. Lui aussi portait des bottes de marin et, comme l'autre, il appela. Cette fois, ce fut « Galoche » qui vint à sa rencontre. Tidou reconnut sa voix sourde, un peu traînante.

Dès qu'ils se furent éloignés, toujours en direction du creux, Tidou se remit à l'ouvrage. Quelle déveine ! Voilà que pour en finir au plus vite, il avait appuyé trop fort sur la petite scie et elle s'était rompue net. Oh ! Arriver si près du but et échouer!... Découragé, le jeune homme ne savait plus comment s'y prendre pour délivrer Kafi qui, bien qu'affamé, ne bougeait toujours pas.

Il examina l'anneau de près. Le métal était scié aux trois quarts. Il tenta de le briser entre ses doigts et s'y reprit à plusieurs fois sans succès. Ne voyant pas d'autre moyen de sauver son chien, il fit une dernière tentative : l'anneau céda. Il ne lui restait plus qu'à tordre le maillon pour dégager la chaîne.

Kafi, enfin libéré, tendit le cou et lécha la joue de son maître comme pour le remercier.

Tidou, attentif au moindre bruit, attendait le moment propice pour se sauver. Il s'apprêtait à quitter sa cachette avec son chien quand de nouveaux pas, venant de la caverne, se firent entendre. A en juger par les bottes que le jeune homme voyait approcher, il s'agissait d'un marin. Cette fois, il portait un sac d'engrais, qu'il déposa dans la camionnette avant de monter à bord pour le caler au fond du véhicule.

« C'est bien ce que je pensais, se dit Tidou. Ils portent les ballots jusqu'à la caverne, les ouvrent et versent leur contenu dans des sacs à engrais. »

Il frissonnait en pensant que l'homme, après avoir sauté à terre, jetterait peut-être un coup d'œil sous le véhicule. Par bonheur, il n'en fit rien et regagna directement la caverne, les mains vides.

« Attention, Kafi, murmura Tidou, prépare-toi à me suivre. »

Mais il n'eut pas le temps de s'échapper. Un

autre homme, déjà, apportait un second sac qu'il déposa, comme son compère, à l'arrière de la voiture avant de monter à bord de celle-ci pour le ranger, au fond, à côté de l'autre.

De plus en plus inquiet, Tidou se demanda si ces allées et venues allaient se poursuivre à la même cadence. Trois, quatre, cinq nouveaux sacs furent chargés tour à tour. Il jeta un coup d'œil sur sa montre et constata qu'il s'écoulait environ trois minutes entre chaque voyage. Au moment où l'un des hommes venait de sauter de la camionnette et s'éloignait, il souffla à son chien :

« Attention, Kafi ! »

S'étant glissé en hâte hors de sa cachette si peu sûre, il s'élança à découvert dans la direction de ses camarades.

« Vite, Kafi ! »

Ils n'eurent que le temps de rejoindre les trois garçons. Ils soupirèrent tous de soulagement. Kafi, pour la deuxième fois, était sauvé ! La première manche était gagnée. Gagneraient-ils la seconde ?...

Chapitre 13

L'affaire se complique

Le premier soin de Tidou, en retrouvant l'abri des rochers, fut d'examiner Kafi des pieds à la tête. Le lasso, la chaîne ensuite avaient profondément meurtri son cou ; la chair en plusieurs endroits était à vif.

« Pauvre Kafi ! murmura le Tondu. Heureusement, tu l'as compris, tu avais affaire à trop forte partie et tu t'es bien gardé de mordre tes agresseurs. Ces misérables ont bien failli avoir ta peau. »

L'animal semblait avoir l'échine douloureuse. L'effet d'un coup de gourdin sans doute. Le point était sensible sous le doigt mais, visiblement, la brave bête préférait oublier son malheur. Folle de joie d'avoir retrouvé les Compagnons, elle battait de la queue et humait les sacs à dos pour leur faire comprendre qu'elle avait faim. Les quatre garçons, sans regret, le régalèrent du saumon fumé qu'ils s'étaient réservé pour la bonne bouche. Un quignon de pain compléta le menu. Mais Kafi réclamait aussi à boire.

« Tant pis, dit le Tondu, donnons-lui le reste de café... s'il l'aime. »

Avidement, le chien-loup lappa, dans une gamelle, la valeur de deux ou trois tasses de café. Il n'en fallut pas plus pour le remettre d'aplomb. Excité, il courait de l'un à l'autre, léchait le visage de son maître et demandait à sentir le gant fourré comme s'il voulait, dès maintenant, passer à la contre-attaque.

« Non, Kafi, murmura Tidou. Pas tout de suite. On verra ça plus tard. Pour le moment, tiens-toi tranquille. Ta revanche, tu l'auras sûrement.

— Oui, sûrement... » répéta Gnafron, les poings serrés, comme si c'était lui qu'on avait torturé.

Et il ajouta :

« Pendant que tu étais sous la camionnette, Tidou, as-tu découvert quelque chose ? Les hommes qui allaient et venaient, là-bas, ont-ils parlé ?

— En norvégien, seulement.

— D'après toi, que se passe-t-il à l'intérieur de la caverne ?

— Ce que j'imaginais. Les trafiquants ou les gangsters, comme tu voudras, vident les contenus des ballots rapportés du Spitzberg dans les emballages destinés aux engrais.

— Et les sacs en plastique ?

— Ça, tu m'en demandes trop. Je n'en ai pas aperçu un seul. Ils servent peut-être à autre chose !

— Et as-tu une idée sur la nature de cette précieuse marchandise ? demanda Bistèque.

— Oui, cette idée me trotte dans la tête depuis longtemps : les ballots rapportés de la baie des Anges contiennent certainement des fourrures.

— Des fourrures ? s'étonna Gnafron. Alors, je ne vois pas pourquoi ils se cachent. Le commerce des fourrures n'est pas interdit, que je sache ?

— C'est justement ce que je ne m'explique pas, moi non plus. »

Tandis que tous quatre discutaient à voix basse, à deux cents mètres de là, le chargement se poursuivait plus lentement, cependant. Les porteurs fatigués prenaient leur temps. Pourvu qu'un de ces misérables n'ait pas l'idée de jeter un coup d'œil sous la camionnette ! Ils ne paraissaient guère se soucier du chien pour l'instant... Mais que se produirait-il quand le chargement serait terminé ?

« Ils pensaient peut-être le détacher au moment du départ, dit Bistèque. Ou l'obliger à suivre la voiture au bout de la chaîne, pour bien nous faire comprendre, s'ils pensent que nous les épions, que notre chien est leur prisonnier.

— Oui, sûrement, dit Gnafron. Ah ! les misérables !... »

Le temps passait. Là-bas, le chargement n'avait pas encore pris fin. Tout joyeux d'avoir sauvé son chien, Tidou, pourtant, continuait à s'interroger : ces gangsters, combien étaient-ils?... au moins cinq ou six... et armés! Pas question d'interrompre leur sale besogne sans le secours de la police. Hélas! Il n'était que deux heures du matin. La Guille et Mady ne rejoindraient pas Tromsoe avant trois heures. Le temps de réveiller les Torril, d'emmener le vieux Peder au commissariat, ils n'atteindraient pas le fjord avant six heures. Comment pouvaient-ils retarder le départ de la camionnette?

« Le mieux serait de crever les pneus, murmura le Tondu. Si tu veux, Tidou, je m'en charge.

— Non, pas d'imprudences inutiles! Kafi est délivré; ne prenons plus de risques. Quand ils fileront, nous grimperons sur un rocher et suivrons la camionnette à la jumelle pour savoir si elle descend bien au bord du fjord.

— Et alors?

— Nous verrons de quel côté elle se dirige, soit vers le fond du fjord, soit vers Tromsoe. Ce sera une indication.

— Qui ne nous avancera à rien, interrompit Gnafron. Il faut retarder leur départ. Le Tondu a raison. A mon tour, je me propose pour aller dégonfler les pneus.

— Non, trancha Tidou, d'un ton sec. Tant pis si les trafiquants s'échappent... nous aurons fait ce que nous aurons pu. C'est trop dangereux! Attendons. »

Le jeune homme ne croyait pas si bien dire. Brusquement, le brouillard s'abattit sur la montagne, comme un filet sur un banc de morues. Et en un instant tout avait disparu.

« Formidable ! souffla le Tondu. Cette fois, la chance est avec nous. Cette purée de pois va les empêcher de filer. »

Mais le brouillard étouffait aussi les bruits. La camionnette était maintenant invisible et les Compagnons ne percevaient plus les allées et venues des trafiquants. Heureusement, ils avaient retrouvé Kafi ; son ouïe, d'une finesse extrême, lui permettait de repérer une fourmi à vingt mètres.

« Ecoute ! lui murmura son maître. Ecoute bien ! »

Alors, chaque fois qu'un homme déposait un sac dans la camionnette, le chien faisait un petit mouvement de tête. Ce chargement n'en finissait pas. A trois heures, il durait encore. La camionnette devait être pleine à craquer. Enfin, un bruit de moteur se fit entendre. La voiture venait de démarrer. Elle avançait avec peine, car le Tondu, qui s'y connaissait, assura qu'elle roulait en « première » et qu'elle ne passerait sans doute pas en « seconde » sur ce terrain cabossé et glissant.

« Donc, nous pouvons la suivre à pied, conclut aussitôt Gnafron.

— Laissons-la prendre un peu d'avance, conseilla Tidou. Si le brouillard se dissipait aussi vite qu'il est tombé, les individus perchés sur les sacs, faute de place dans la cabine, pourraient nous voir. Ils doivent terriblement se méfier depuis la disparition de Kafi. La chaîne est cassée net. Ils savent bien que quelqu'un est venu le délivrer...

— Très juste ! approuva le Tondu. Guidonsnous sur le bruit et gardons les distances. »

Ils avancèrent prudemment dans le brouillard glacé, au même rythme que la camionnette qui, comme l'affirmait le Tondu, n'était pas passée en seconde. Pour ne pas heurter les rochers, elle avait même dû allumer ses phares dont, par instants, le halo jaunâtre perçait la brume.

Hélas! Suivre une voiture à pied, même si elle roule, pour ainsi dire, au pas est un exploit impossible pour quatre garçons épuisés par le manque de sommeil et par une précédente marche d'une vingtaine de kilomètres environ. Peu à peu, le ronronnement du moteur diminua d'intensité. Kafi fut bientôt le seul à le percevoir. Ah! le courageux Kafi qui, spontanément, reprenait son rôle de guide. Les Compagnons n'avaient plus qu'à le suivre. Hélas! La filature ne dura pas longtemps. Soudain, le chien s'arrêta, pencha la tête et regarda son maître, semblant dire :

« Plus rien, Tidou! »

Les quatre camarades s'immobilisèrent, surpris. Pourquoi l'animal avait-il stoppé si brusquement? La camionnette s'était-elle arrêtée, bloquée par un obstacle rocheux infranchissable... ou un terrain plus meuble, un talus par exemple, étouffait-il soudain le bruit du moteur?

« Pour moi, dit Bistèque, l'auto s'est arrêtée. Je regardais ton chien, Tidou, à ce moment-là. Lui aussi a semblé surpris de ne plus rien entendre, comme si le bruit s'était éteint d'un seul coup.

— Quelle guigne! grogna Gnafron. Pour une

fois que nous n'avons pas nos walkie-talkies!... Ils nous auraient été bien utiles pour rester en contact avec Mady et la Guille.

— Non, répliqua le Tondu, console-toi, à cette distance, ils n'auraient pas fonctionné.»

Un quart d'heure s'écoula, interminable. Enfin, le nez en l'air, le Tondu annonça :

«Le brouillard!... Il fiche le camp.»

En effet, le soleil du matin perçait presque les nuées. Puis le vent balaya d'un seul coup la brume. Stupeur! La camionnette était là, toute proche, dangereusement inclinée comme si elle allait chavirer. La voiture, sans doute trop chargée, avait dû s'embourber sur le terrain détrempé. Instinctivement, les quatre garçons et Kafi s'étaient jetés par terre, avant de ramper vers une dépression où ils seraient à l'abri. A peine arrivé, Tidou sortit ses jumelles et risqua un coup d'œil en direction de la camionnette.

«Oui... annonça-t-il aussitôt, elle s'est embourbée. Les hommes sont descendus pour essayer de la pousser... J'en compte cinq... le sixième doit être resté au volant.

— Ça va nous faire gagner du temps», se réjouit Gnafron.

Puis, jetant un coup d'œil sur sa montre :

«Cinq heures! Si la Guille et Mady ne se sont pas perdus en route, ils doivent être à Tromsoe... peut-être même au bord du fjord, avec Peder et la police.»

Malheureusement, de leur cachette, il était impossible d'apercevoir le fjord. Une demi-heure s'écoula. Sans cesse, Tidou se redressait pour s'assurer que la camionnette n'avait pas bougé. Non. Malgré tous les efforts des six complices, le véhicule restait penché sur le côté, les roues de droite de plus en plus embourbées.

« Tant mieux ! » jubila le Tondu en caressant son crâne chauve sous son bonnet de fourrure.

Mais, tout à coup, Tidou annonça :

« Je ne comprends pas ce qui se passe... Les six individus ont abandonné leur chargement... Les voilà qui courent sur le plateau.

— Vers le golfe ? demanda Bistèque.

— Ils semblent s'en éloigner, au contraire, comme s'ils voulaient rejoindre le *Roedberg* par-derrière. »

Tous quatre restaient médusés. Que s'était-il produit si brusquement ? Couraient-ils chercher du renfort ? Prenaient-ils la fuite ?

« Pour moi, fit le Tondu, ils espèrent gagner le chalutier. Ah ! Si la police pouvait les cueillir avant que le rafiot n'ait largué ses amarres... »

Les Compagnons s'interrogeaient, perplexes. Alors, Bistèque proposa :

« Approchons-nous de la camionnette. Si quelqu'un leur a demandé par radio de déguerpir, ils ne reviendront pas de sitôt !

— De toute façon, approuva le Tondu, nous pourrions compter sur Kafi pour nous prévenir s'ils faisaient demi-tour. »

Naturellement, l'intrépide Gnafron partageait avec enthousiasme cette proposition. Seul, Tidou hésitait encore. Pourtant, il ne résista pas longtemps à la tentation.

« D'accord... Allons voir ! »

Précédés de Kafi, ils traversèrent une large

bande de terrain nu. Mais, après avoir échappé par deux fois à la mort, Kafi se montrait prudent. Tous les dix pas, il s'arrêtait pour écouter. A cinquante mètres de la voiture, il fit une longue pause, écoutant, la tête penchée, prêt à signaler le danger. Rien. Alors, rassurés, ils s'avancèrent tous vers la grosse voiture qui, bien que haute sur roues, s'était enlisée jusqu'au châssis. Les deux portes arrière étaient restées ouvertes.

« Bizarre! murmura le Tondu. Ils sont partis sans même prendre la précaution de les fermer à clef. La voiture est bourrée de sacs... tous des sacs d'engrais, avec la marque du fabriquant imprimée sur le côté.

— Je n'y comprends plus rien!» gémit Bistèque.

Mais, Gnafron, de cet endroit, s'aperçut que le fjord et le *Roedberg* étaient parfaitement visibles.

« Vite, Tidou, passe-moi tes jumelles!»

Il braqua aussitôt l'instrument sur la baie et lâcha une exclamation de stupeur.

« Les misérables! Ils ont déjà regagné le chalutier. Je distingue des silhouettes sur le pont...

— Impossible! rétorqua Tidou. Il y a tout juste vingt minutes qu'ils ont décampé. Même en dévalant la pente à toute vitesse, ils ne peuvent être déjà en bas. D'ailleurs, ils n'ont pas pris le chemin le plus court, ils ont d'abord obliqué vers la gauche.

— Puisque je te dis que je distingue plusieurs silhouettes! Ce sont eux. La "poisse"! Ils ont préféré abandonner leur camelote plutôt que de se faire pincer! »

De rage, il fit mine de jeter les jumelles à terre. Tidou les lui arracha et calmement scruta le fjord. Soudain, l'instrument se mit à trembler entre ses doigts et le jeune homme s'exclama sur un ton de victoire :

« Non, Gnafron, tu as tort... C'est... c'est... »

Cependant, par crainte de se tromper lui-même, il passa les jumelles au Tondu.

« Regarde à ton tour... bégaya-t-il, dis-moi que je n'ai pas rêvé... »

Chapitre 14
La chasse à l'homme

« Non, Tidou, jubila le Tondu, tu ne rêves pas. Ce n'est pas le gang. C'est... Mady et la Guille. Je reconnais leurs anoraks. Voilà le vieux Peder à l'avant avec les policiers. Ils semblent inspecter le *Roedberg*... Evidemment, ils ne trouveront rien ! Comment les avertir de notre présence ici ? »

Il gesticulait comme un diable lorsqu'il reprit les jumelles à Gnafron, battant l'air de ses longs bras à grands renforts de moulinets. Bistèque et Tidou, eux, tâchaient de se faire entendre et lançaient des appels désespérés. En vain. La distance était trop grande.

« Pourvu, s'inquiéta Tidou, qu'en ne découvrant rien de suspect sur le *Roedberg*, les policiers ne rebroussent pas chemin. Ah ! je comprends, à présent, pourquoi les six individus ont pris si vite la poudre d'escampette. Ils ont aperçu, eux aussi, toutes ces silhouettes à bord de leur rafiot. C'est pour cela qu'ils n'ont pas essayé de le rejoindre. Au contraire, ils ont filé du côté opposé.

— Alors? demanda vivement Gnafron. On dégringole tous vers le fjord... ou on prend les individus en chasse?

— Non, pas de poursuite! Ma parole, tu oublieras donc toujours qu'ils sont armés... J'ai une idée! Laisse-moi faire.»

Tidou détacha une feuille du carnet qu'il avait emporté et griffonna ces mots : «Hommes en fuite. Sommes près de la camionnette. Vous envoie Kafi pour vous guider. Venez vite avec la police.»

Puis, ayant fixé le papier à l'ardillon de son collier, il murmura quelque chose à l'oreille de Kafi en pointant son doigt en direction du *Roedberg* :

«Regarde, Kafi... Regarde, là-bas... Il y a Mady... tu entends, Mady!»

Kafi scrutait le fjord. Sans doute cherchait-il Mady, mais comment la reconnaître parmi toutes ces silhouettes. Après Tidou, c'était la jeune fille qu'il préférait et qu'il connaissait le mieux. Pourtant, il ne la distinguait guère des hommes qui se profilaient sur le rafiot, car elle portait, comme eux, pantalon et grosses bottes.

«Regarde encore, Kafi! Suis le bout de mon doigt... Mady... Va trouver Mady... ou la Guille. Tu entends : Mady, la Guille!»

Cette fois, l'intelligent Kafi avait compris. Rassemblant ses forces, il prit son élan et dévala la pente, en louvoyant autour des rochers. Quelle rapidité! Tidou le suivait avec ses jumelles, le perdant, le retrouvant chaque fois un peu plus loin. Mais, quand il déboucherait sur la petite route, Kafi aurait-il l'idée de courir vers le *Roedberg*? Oui... après dix minutes de course folle, il traversa la chaussée d'un bond, obliquant vers le chalutier que Compagnons et policiers étaient en train de quitter.

« Formidable! s'écria le Tondu. Jamais je n'aurais cru qu'il comprendrait. »

Avec ses puissantes jumelles, Tidou vit l'animal se précipiter vers Mady qui se pencha pour détacher le message. Quelques instants plus tard, le groupe traversait la route et s'engageait sur la pente, guidé par le chien.

« Dans combien de temps seront-ils là? s'enquit l'impatient Bistèque.

— Une demi-heure... au plus, sauf si le vieux Peder veut les suivre.

— Et si l'on essayait d'ouvrir un sac, en attendant? »

Gnafron, bien sûr, n'avait pu s'empêcher de poser la question.

« Non, répondit Tidou. Laissons tout intact. Il faut que la police trouve le chargement tel qu'il a été abandonné. »

Cependant, avec le poinçon de son couteau de scout, le Tondu avait déjà fait un petit trou dans un emballage d'où s'échappait à peine une pincée de poudre grisâtre à l'odeur tout à fait caractéristique. C'était bien de l'engrais.

« Ils ont peut-être placé les vrais sacs d'engrais à l'arrière, suggéra Bistèque. Ceux du fond contiennent sûrement quelque chose de bien différent.»

Le Tondu semblait tout à fait de cet avis. Juché sur les sacs, il se dirigeait vers le fond de la camionnette, son poinçon à la main. Il fit une nouvelle entaille, sans succès. Partout, il trouvait de l'engrais.

«Arrêtez! dit alors Tidou. Un peu de patience, nom d'une tomate! La vérité, nous la saurons bientôt. Elle ne peut plus nous échapper... Ah! Pourvu que les policiers arrivent vite.»

Toujours à l'aide de ses jumelles qui décidément jouaient un grand rôle dans cette expédition, il situa les grimpeurs : Kafi courait devant, suivi des trois policiers en uniforme avec la Guille et Mady et, loin derrière, le vieux Peder Holthe qui ne voulait pas abandonner l'action dans ces instants décisifs.

Enfin, au bout d'une demi-heure, Kafi rejoignit son maître, la langue pendante, essoufflé, fatigué, un peu brisé tout de même par ses récentes aventures. Venaient ensuite les policiers, Mady et la Guille qui demandèrent aussitôt l'air inquiet :

«Que se passe-t-il? C'est vous qui avez bloqué la camionnette? Vous savez ce qu'elle renferme?»

Mady pensa soudain à présenter les policiers :

«Voici le chef de canton et deux de ses adjoints. Le chef ne connaît que quelques mots de français. Il va falloir attendre le vieux Holthe.»

Celui-ci, heureusement, avait presque

retrouvé, sur la fin du parcours, ses jambes d'autrefois. A son tour, il déboucha sur le plateau. Tidou lui fit alors le récit des événements de la nuit depuis le départ de Mady et de la Guille. Il raconta la poursuite dans le brouillard, l'enlisement de la camionnette et la fuite, aussi soudaine qu'imprévue, des gangsters.

Peder Holthe s'appliquait à répéter fidèlement au chef de canton ce qu'il apprenait. Le policier hocha la tête et jeta un coup d'œil curieux vers les sacs.

Tidou avait compris. Il se tourna vers le vieux Holthe et lui dit :

« La marchandise ne risque rien. Mieux vaut tenter de retrouver la piste des fuyards ; ils ont déjà dû faire un bon bout de chemin. Dites au chef de canton que mon chien peut nous aider. »

Le vieux Norvégien traduisit, mot à mot, les paroles de Tidou. Le policier jeta alors un regard vers Kafi et demanda quelque chose :

« Oui, confirma Tidou qui avait compris, ce gant appartient à l'un de nos hommes. Après l'avoir flairé il sera capable de suivre leurs traces. »

Le policier semblait peu convaincu. Sans doute, connaissait-il mieux les chiens de traîneau, plus aptes à fournir un effort physique qu'à suivre une piste. Tidou insista... Le vieux Holthe plus encore car il connaissait les talents de Kafi. Enfin, le chef de canton se décida :

« Restez là, monsieur Holthe, dit alors Tidou. Qui sait jusqu'où cet animal nous entraînera ! De toute façon, nous reviendrons ici.

— Je resterai, moi aussi, dit Mady. La Guille courait si vite tout à l'heure que je pouvais à peine le suivre. Je suis trop fatiguée pour me lancer dans une nouvelle équipée. »

Tidou mit alors le fameux gant sous le nez de Kafi qui, aussitôt, gémit et manifesta une vive agitation. Il fit deux fois le tour de la camionnette et, le museau au ras du sol, tira sur sa laisse dans la direction opposée à celle du fjord.

« Vous voyez, dit le Tondu, admiratif, au policier, il vous indique le chemin! »

Mais le chef de canton laissa entendre aux Compagnons qu'il fallait être prudent. Il fit signe à Tidou de lui donner la laisse et partit en avant. Kafi secouait la tête pour manifester sa désapprobation.

« Si, Kafi, laisse-toi conduire. »

Pour amadouer le chien, le chef policier lui donna une tape amicale et tout rentra dans l'ordre.

Il était sept heures du matin. Le soleil, déjà haut, jouait à cache-cache avec les nuages qui se dissolvaient lentement comme pour lui laisser le ciel tout entier. La journée serait belle... et même presque chaude.

Sur l'immense plateau, parsemé de taches de neige, la caravane se mit en route. De temps à autre, le chef de canton s'arrêtait pour consulter sa carte. Ils s'enfonçaient en plein pays lapon. Etait-ce là que se cachaient les gangsters? Y trouveraient-ils leur repaire?

Depuis une heure, la file des marcheurs serpentait sur le plateau derrière leur guide, au gré des accidents du terrain. Les fuyards avaient suivi le même chemin hésitant, ne sachant sans doute pas trop où se cacher.

« Bon signe ! » dit le Tondu à Tidou qui marchait à côté de lui.

En effet, une centaine de mètres plus loin, Kafi s'arrêta, les oreilles pointées en avant. Le chien se tourna vers celui qui le tenait en laisse et le regarda fixement.

« Quoi lui veut dire ? » demanda le chef policier en mauvais français.

Avec force gestes, Tidou lui expliqua que les individus s'étaient arrêtés là. La faille qui se dressait devant eux les avait sans doute tentés. Mais, attention, ils s'y trouvaient peut-être encore !

Les policiers dégainèrent leurs revolvers après avoir signifié à Kafi et à ses maîtres de se disperser. Ils s'approchèrent alors lentement : les pierres s'éboulaient sous leurs pas. A ce bruit, un coup de feu claqua, tiré au hasard du fond de la caverne.

A cette attaque, les trois policiers répondirent par une véritable salve qui ébranla le plateau. Le chef de canton s'approcha encore, seul, et cria de toutes ses forces :

« *Politi !... Politi !...* »

Puis quelques mots qui devaient correspondre à « haut les mains », car, sans opposer la moindre résistance, les individus sortirent de leur cachette, en file indienne, les mains sur la tête. Les Compagnons reconnurent « Bec d'aigle » et « Galoche » qui leur jetaient des regards mauvais. D'après le portrait qu'en avait fait Harald Torril, ils identifièrent également

Knut, le pirate, comme l'appelait le gendre du vieux Holthe. Les trois autres étaient des marins complices.

Les Compagnons enrageaient de ne rien comprendre aux questions du chef de canton et aux réponses des individus ! Visiblement, les six hommes se défendaient farouchement. Ils désignaient les quatre garçons d'un air menaçant. Quant à Kafi, qui montrait ses crocs, « Bec d'aigle » l'aurait bien abattu par dépit, si un des policiers ne lui avait confisqué son arme. Quand le chef de canton les pria de retourner à la camionnette, ils s'emportèrent, « Bec d'aigle » surtout, le cerveau de la bande. Visiblement, les revolvers pointés vers eux les effrayaient moins que le chien. Il tenait sa revanche, le vaillant Kafi. C'est lui qui aurait le dernier mot. Sur un signe du policier, il fut même autorisé à chatouiller les mollets des plus récalcitrants. Il harcelait aussi les traînards car, désormais, Compagnons et policiers brûlaient de découvrir le mystère des sacs d'engrais.

« Enfin, soupirait le Tondu, nous allons savoir... »

Puis il ajouta :

« Tout ceci n'est peut-être qu'une énorme méprise.

— Une méprise ? reprit Tidou avec conviction. Absolument pas ! »

Et dans sa hâte d'atteindre le but, il pressait son chien :

« Asticote-les, Kafi, plus vite, accélérons le pas ! »

Chapitre 15
Plus de mystère

Enfin, la camionnette fut en vue. Mady et la Guille, épuisés par leur longue attente, vinrent au-devant de leurs camarades. Peder Holthe les suivait de loin.

« J'étais sûre, dit Mady, qu'on les retrouverait grâce à Kafi... Ils ont avoué ?

— Non, répondit Gnafron. Ils ont même eu l'air de prendre l'affaire de haut. »

Devant le véhicule, les six individus, sommés de s'expliquer, bafouillaient on ne sait quoi, en norvégien. D'après Peder Holthe, qui traduisait aussitôt, les prisonniers prétendaient transporter de l'engrais destiné à améliorer les terres de Laponie, les pâturages des rennes.

Mais le chef de canton, d'origine lapone, ne semblait pas dupe. On ne fume pas, expliqua-t-il, les terres où ne poussent que des mousses et des lichens. Il demanda à un de ses adjoints de choisir un sac, et de l'ouvrir...

Le policier trancha la corde avec son couteau, plongea la main dans le sac et en retira une poignée d'engrais qui, en s'écoulant entre ses doigts, laissa au sol une mince traînée grisâtre.

« De l'engrais!... C'est bien de l'engrais! » s'écria le chef de canton.

Puis, stupéfait, il se tourna vers les jeunes Français. Mady saisit vivement le bras de Peder Holthe : il fallait que l'homme vide le sac entièrement, insistait Mady. Avant que le Norvégien ait eu le temps de traduire le message, « Bec d'aigle » intervint bruyamment : il s'opposait à ce que l'on gaspillât ainsi la marchandise. Cette comédie avait assez duré, criait-il dans toutes les langues.

Son irritation parut aussitôt suspecte au chef de canton. Il ordonna alors à ses adjoints de saisir le sac par le fond et de le vider complètement, ce que les deux policiers s'empressèrent de faire.

De l'emballage s'échappa un nuage de poudre nauséabonde qui recouvrit en un instant hommes et camionnette.

Dès que la poudre se fut dissipée, Gnafron poussa un cri :

« Un autre sac!... Un sac en plastique bleu! »

Oui, un ballot de plastique bleu, opaque, soigneusement fermé par une corde, gisait sur le sol. Cette fois le paquet ne contenait pas d'engrais, car le plastique, par endroits, se gonflait d'étranges protubérances.

« Ouvrez! » ordonna le chef de canton.

D'un coup de lame de couteau, un policier le

fendit sur toute sa hauteur. Une multitude de petites fourrures blanches s'en échappa : il y en avait une vingtaine, une trentaine, peut-être davantage.

Des peaux ! Les soupçons de Tidou et de ses camarades s'avéraient justifiés. Mais pourquoi le chef de canton, pris d'une sorte de rage, se précipitait-il vers « Bec d'aigle » puis le prenait par les épaules et le secouait, prêt à le frapper ?

« Ces peaux, s'enquit alors Tidou, qu'est-ce que c'est ?

— Comment ! s'exclama le vieux Peder, vous n'avez pas compris ?... des peaux de bébés phoques, bien sûr ! Ah ! Les misérables ! Ils n'ignoraient pas que le gouvernement norvégien interdit le massacre des petits phoques sur son territoire ! Pour eux, seul l'argent comptait. Vous ne savez peut-être pas que les fourrures de bébés phoques se vendent à prix d'or. »

Cette fois, les Compagnons restaient confondus, horrifiés. Ils avaient tous entendu parler de ces tueries de bébés phoques qui se pratiquent chaque année en mars ou avril sur les glaces du Groenland. Ils signaient même systématiquement les pétitions lancées par la société protectrice des animaux de Lyon. Tandis qu'ils fixaient le tas de fourrures blanches, des images se bousculaient dans leurs têtes : crânes fracassés, yeux écarquillés dans la mort de ces innocentes petites boules de vie et les peaux arrachées aussitôt, même sur les victimes qui bougeaient encore.

Mady sentait les larmes lui monter aux yeux. Tout s'expliquait à présent : ils connaissaient le rôle des sacs en plastique découverts dans la grotte à côté des autres.

Si le chef de canton venait de s'emporter, le vieux Peder qui faisait partie de la S.P.A. de Tromsoe et qui avait milité pour l'interdiction de cette chasse affreuse dans son pays, n'était pas moins furieux. Les poings serrés, il s'approcha des prisonniers et s'adressa directement à Knut, qui baissait la tête :

« Non seulement vous avez volé mon gendre, mais maintenant, vous vous livrez à la plus infâme besogne. Si j'étais plus jeune, je vous casserais la figure. »

Les sinistres individus ne pouvaient plus nier l'évidence. Le chef de canton les harcelait de questions. Knut reconnaissait avoir massacré, avec ses marins, les trois cent cinquante bébés phoques que les sacs d'engrais dissimulaient.

Les misérables parlaient vite, comme s'ils étaient pressés d'en finir. Les Compagnons ne comprenaient pas ce qu'ils disaient, mais le vieux Holthe se montra, comme toujours, un brillant interprète.

Ainsi, les gônes apprenaient que ces trois cent cinquante bébés phoques avaient été exterminés sur la banquise au nord du Spitzberg, en mars dernier. Knut avait transporté les peaux dans le baraquement de la baie des Anges où on les tannait sommairement pour leur conservation. « Bec d'aigle » et « Galoche » s'étaient bien gardés de venir chercher les fourrures à cette époque. Ils savaient qu'au moment de la chasse aux jeunes phoques, la police et la douane norvégiennes se montraient particulièrement vigi-

lantes. Ils avaient attendu l'été... et avaient choisi l'engrais, cette matière nauséabonde qui dissimulerait d'autant mieux les fourrures. La camionnette, chargée au maximum, devait embarquer sur le *Hornelen*, à destination de Stavanger, au sud de la Norvège... et là, réembarquer sur un cargo français. En France, ce lot de fourrures valait une fortune.

Les six hommes étaient passés aux aveux. Ils regardaient d'un œil rancunier ces Compagnons qui, malgré leur jeune âge, s'étaient montrés si perspicaces... « Bec d'aigle » ne saurait jamais qu'il avait suffi à Tidou d'entendre quelques mots, rêvés tout haut, en français pour en faire un suspect à ses yeux.

Nos tristes lascars, eux, avaient eu bien raison de se méfier de Kafi dont les talents de chien policier étonnaient parfois.

Ah ! Ce courageux Kafi ! Il montrait les crocs au marin qui avait failli l'étouffer avec son lasso.

Après la révélation et les aveux, l'affaire devenait simple routine pour les policiers. Le chef de canton fit signe à ses hommes de rassembler les peaux éparpillées sur le sol, et de fourrer le tout dans la camionnette. Pour l'instant, il fallait conduire les prisonniers à Tromsoe. La précieuse marchandise serait ramenée plus tard. Un seul policier suffisait pour monter la garde.

Alors le chef de canton se tourna vers les Compagnons. Désireux de leur témoigner sa reconnaissance, il ne cessait de répéter.

« Merci !... Beaucoup merci... à votre chien aussi. »

Puis, sentant que les quelques mots dont il disposait étaient bien pauvres pour traduire son admiration, il embrassa Mady et serra les mains des garçons.

Enfin, en riant, il murmura à leur adresse quelques mots en norvégien.

« Que dit-il ? demanda le Tondu.

— Que vous êtes tous FORMIDABLES ! » répondit le vieux Holthe.

L'éclat de rire fut général. Même Kafi reconnaissait le mot préféré du Tondu et il manifesta sa joie par de grands battements de queue.

Il était neuf heures du matin. Les nuages s'étaient dissipés. Le soleil du Grand Nord semblait vouloir, lui aussi, fêter cet heureux dénouement. Comme il était à présent inutile de s'attarder sur ce plateau désert, ils redescendirent tous vers le fjord où le *Roedberg*, placide, attendait les ordres du patron.

Mais Knut devait purger sa peine de prison en compagnie de ses complices. Le navire serait confisqué. Plus jamais il ne partirait à l'assaut de la banquise. Et si, désormais, les bébés phoques pouvaient se réfugier en toute tranquillité sur la banquise de l'archipel, ils le devaient aux Compagnons de la Croix-Rousse...

Chapitre 16

Epilogue

Les vacances norvégiennes tiraient à leur fin. Un jour, les Compagnons durent embarquer sur le *Hornelen*, avec les jeunes Lyonnais. Ils regagnèrent Alesund, où un avion les y attendait, qui les ramena sur les rives du Rhône.

Les heures qu'ils passèrent à bord du *Hornelen* furent particulièrement calmes. Sans autre souci que d'admirer les fjords et les « sunds », les six amis profitèrent pleinement, cette fois, des paysages grandioses, sauvages, mais prenants de l'âpre Norvège. L'hospitalité de ses habitants leur laissait un souvenir inoubliable, celle du vieux Peder Holthe surtout, qui était entré dans leur jeu... et du malheureux Harald, son gendre malchanceux.

Ah ! Quelle aventure ! Les Compagnons ne se doutaient pas que la capture des odieux trafiquants ferait tant de bruit. Quand la nouvelle avait couru... (et elle avait été divulguée très rapidement), tous les citoyens de Tromsoe s'étaient indignés contre ces hors-la-loi. Les Compagnons faisaient figure de héros ; on les montrait du doigt, ce dont souffrait leur modestie. Ils acceptèrent pourtant de se rendre à la maison commune où le maire en personne fit un petit discours que traduisit en souriant le vieux Peder Holthe.

Déjà, les jeunes gens avaient pris place dans l'avion spécial qui, d'un seul coup d'aile, les ramenait à Lyon. Dans l'appareil, ce n'étaient que rires, bavardages... et chahut. Beaucoup de garçons et de filles exhibaient des bibelots rapportés du Grand Nord : bois de renne gravés, poupées lapones et même des trolls, ces hideux petits bonshommes de bois sculpté, représentant les mauvais génies qui, autrefois, dit-on, hantaient les fjords et les montagnes.

Les Compagnons, eux, ne rapportaient rien que des souvenirs... mais quels souvenirs ! Ils n'étaient pas près d'oublier leur équipée. Assis sur deux rangs de fauteuils, les uns derrière les autres, ils évoquaient l'aventure qui aurait pu être fatale à Kafi. Ils n'osaient penser à leur chagrin s'ils avaient dû rentrer à Lyon sans lui !

De son côté, Tidou se revoyait à la barre du *Karsley* autour du Spitzberg, gouvernant comme un vrai marin responsable de la conduite du bateau. Mady, elle, s'imaginait courant sur le plateau derrière la Guille, pour rejoindre au plus vite la maison de Peder Holthe.

« En somme, dit Gnafron, nous avions tous, ou presque, pensé à un trafic de fourrures, mais nous étions loin d'imaginer qu'il s'agissait de peaux de bébés phoques. Ah! les monstres... Ça va leur coûter cher!

— Et j'espère que ça servira de leçon à ceux qui voudraient les imiter!» ajouta Mady.

Mais voilà que l'hôtesse, la même jeune fille qu'à l'aller, annonça qu'un repas norvégien allait être servi : crevettes, lacks, c'est-à-dire du saumon fumé, du torks (de la morue fraîche) et du pain de seigle. Le repas se composait exclusivement de produits du pays.

Tous y firent honneur, y compris Kafi qui dégusta un hareng séché, dans une assiette, aux pieds de son maître.

A côté de la lenteur du bateau, l'avion filait à une vitesse folle et le voyage parut court. A huit heures du soir, le soleil, qui était sur le point de se coucher pour de bon cette fois, éclaira la cabine de ses rayons obliques. Fini le jour perpétuel de l'été polaire!

Enfin, l'hôtesse annonça qu'il descendait sur Lyon où la température, même à cette heure tardive, atteignait encore vingt-six degrés.

«Vingt-six degrés! s'exclama le Tondu. De quoi aurai-je l'air avec mon bonnet de fourrure?...»

Car si les Compagnons n'avaient rien rapporté, le Tondu, lui, n'avait pas résisté à l'envie de s'offrir une toque.

«Si vous saviez comme ça tient chaud à ma boule de billard, ajouta-t-il en riant. L'hiver prochain, elle remplacera mon béret.»

Le sol semblait maintenant se précipiter vers eux à toute allure. Mady, le front appuyé contre le hublot, voyait défiler des villages, des routes et le long ruban clair de la Saône. Dix minutes plus tard, l'avion se posait en douceur sur l'aire de Lyon-Satolas, puis roula lentement vers les bâtiments de l'aéroport. Les vacances étaient terminées... Un à un, les jeunes gens quittèrent l'appareil en saluant l'aimable hôtesse d'un «adjo» sonore qui signifiait «au revoir». Ils étaient fiers, en effet, des quelques mots de norvégien appris pendant leur séjour.

Mais que se passait-il?... Quel était cet attroupement dans le hall d'arrivée, derrière les barrières de la douane? Vingt, trente, quarante personnes, des femmes surtout, se pressaient et gesticulaient, ne ressemblant guère à des parents venus chercher leurs enfants. Certains brandissaient des pancartes.

«Quoi?... Une manifestation? s'exclama Gnafron.

— Non, répondit Mady. Lis donc ce qui est écrit sur leurs banderoles! S.P.A.... J'ai l'impression que les Lyonnais ont envoyé une délégation de la Société Protectrice des Animaux.

— Alors, c'est peut-être nous qu'ils attendent?

— Probablement.»

Mady ne s'était pas trompée. A peine les Compagnons eurent-ils récupéré leurs bagages, franchi la douane, que ces gens se précipitèrent vers eux. Les Compagnons restaient confondus. Une femme aux cheveux blancs se détacha du groupe et se présenta : c'était la présidente de la S.P.A. lyonnaise.

«Jeunes gens, dit-elle, quand nous avons appris par le journal que, grâce à vous, une bande de trafiquants de peaux de bébés phoques avaient été arrêtés dans le Grand Nord, nous avons décidé de venir vous accueillir. Acceptez les félicitations de la S.P.A. de Lyon et des communes voisines, ici représentées. Ce que vous avez fait est admirable... si, si... admirable. Au nom de toutes les sociétés protectrices des animaux de France, je me permets de vous renouveler mes compliments.»

Et la présidente ajouta :

«Nous aurions aimé vous offrir, à tous, un petit cadeau en souvenir de cette odyssée mais, vous le savez, notre action est bénévole, nous ne disposons d'aucun revenu. Que la jeune fille, qui vous a accompagnés dans votre voyage, accepte tout de même ces roses.»

La présidente s'écarta, laissant place à une autre dame qui portait une énorme gerbe destinée à Mady. Embarrassés, émus par cette réception un peu protocolaire, la jeune fille et ses camarades seraient volontiers rentrés sous terre.

Hélas! La petite cérémonie n'était pas encore terminée. Il fallait aussi se soumettre aux exigences des reporters photographes : Mady, au premier plan, serrait sa gerbe dans les bras, Kafi à ses pieds, les garçons l'entourant de part et d'autre... le Tondu portait son bonnet de fourrure qui le faisait ressembler à un paysan russe.

Un flash... deux flashes... trois flashes!... Ç'en était trop pour Kafi qui détestait ces éclairs : il bondit sur un reporter.

Enfin, les Compagnons étaient libres. Il ne leur restait plus qu'à monter dans le car qui les emmènerait au centre de Lyon d'où ils grimperaient vers leur chère Croix-Rousse.

Cette nuit, la lumière du jour ne les dérangerait pas. Ils dormiraient profondément en rêvant peut-être du Grand Nord et du soleil de minuit...

Table

IMPRIMÉ EN FRANCE PAR BRODARD ET TAUPIN
Usine de la Flèche, 72200.
Loi nº 49-956 du 16 juillet 1949 sur les publications destinées à la jeunesse.
Dépôt : avril 1990.